落花時節 葉笛詩文集

葉笛◎著
葉蓁蓁 葉瓊霞◎合編

局長序　臺南繁花盛開　文學盡訴衷曲

臺南是一座屬於自然的城市：燦爛奪目的陽光照耀大地，盛開的蓮池飄散著清甜幽香；萬紫千紅的蝴蝶蘭綻放飛舞，隨著水雉展翅翱翔天際。

臺南是一座處處有情的城市：無論是鳳凰花開的離別衷曲，或是晚秋雨中的詩意採菱；冬夜漁家的揚帆滿載，還是稻香大地的揮汗淋漓，臺南斯土斯民、豐榮物產，透過文學的魔力，都成為這座城市最美好的風景。

臺南是一座萬紫千紅的城市，適合人們作夢、幹活、戀愛、結婚、悠然過生活。落花水面、好鳥枝頭、豐饒物產、人文風情，在在都撩動文人的心思，將書頁上的文字揮灑於吹拂的南風中，走過一頁頁歌詠的篇章。

致力發揚文學魅力的《臺南作家作品集》，每輯都嚴選作品、邀請在地優秀作家創作，為城市中的文學多元樣貌打造更安身立命的生長環境。本次第八輯收錄三位作家作品及四位推薦邀約作品，合計七部優秀的臺南文學作品集，文類跨越詩、散文、小說、兒童文學，承襲以往各輯的兼容並蓄。

本輯徵選作品中，謝振宗《臺南映象》以臺南地景人文發抒，詩作深入淺出、極富意象；陳志良詩集《和風 人隨行》意境高遠，語言和表達手法富創意，讀來頗有興味；林柏維《天光雲影【籤詩現代版】》以寺廟籤詩與作者四行小詩對比打造現代版籤詩，構想傑出、別具匠心。推薦邀約作品方面，則有對臺灣文學研究與翻譯極具奉獻的《落花時節：葉笛詩文集》；治史嚴謹且懷抱人道精神的《許達然散文集》；一生奉獻臺灣新劇的日治文學創作家林清文所著小說《太陽旗下的小子》；熱愛兒童文學因此創作豐富多彩的《陳玉珠的童話花園》。

今日的選輯，許多早已膾炙人口，更為明日本土經典生力軍。臺南文學永續耕耘，期待才人輩出、代代相承，一朝風采昂揚國際，盡訴古都衷曲。

臺南市政府文化局　局長　葉澤山

總序　文學森林的新株

文／李若鶯

臺南，文學藝術的城市，與文學相關的活動、文學的人才、文學的刊物，在國內都能引領風騷，堪稱一座文學的森林。在這座森林裡，有個區塊，是文化局兢兢業業經營的，自闢地以來，持續開墾，蒐尋適合種植的樹木，每年選種幾棵新的樹，掖肥使其根深枝茂長大成蔭，這就是「臺南作家作品集」。

一〇七年度「臺南作家作品集」第八輯，經編審委員多次開會討論審核，出版書單如下表：

編號	作品名稱	作者／編者	類別	備註
1	太陽旗下的小子	林清文 著 李若鶯 校並序	長篇小說	推薦邀稿

編號	作品名稱	作者／編者	類別	備註
2	落花時節：葉笛詩文集	葉笛 著 葉蓁蓁／葉瓊霞 合編	詩文選集	推薦邀稿
3	許達然散文集	許達然 著 莊永清 編	散文選集	推薦邀稿
4	陳玉珠的童話花園	陳玉珠 著	兒童文學	推薦邀稿
5	和風 人隨行	陳志良 著	現代詩集	徵選
6	臺南映象	謝振宗 著	現代詩集	徵選
7	天光雲影【籤詩現代版】	林柏維 著	現代詩集	徵選

從書單看起來，可以觀察到二個現象：一、現代詩佔了二分之一，其中徵選來的，都是現代詩。二、作者不是已經謝世，就是已年逾花甲。

作家作品集的設置，原本就有向本地卓越或資深作家致敬、流傳其作品的用意，表列前三位的專書，更是基於這樣的意涵。

林清文（1919-1987）是跨越語言一代的鹽分地帶代表作家之一，名列「北門七子」，其哲嗣林佛兒（1941-2017）也是臺灣著名作家。林清文最為人稱道的是曾經為臺灣早期舞台話劇的旗手，編導演之全才，以「廖添丁」一劇風靡全臺，惜劇本散佚，傳世作品只有寥寥幾首詩和一冊長篇小說。小說初以「愚者自述」為名，在《自立晚報》連載，增刪修改後改題「太陽旗下的小子」出版，早已絕版，今重新梓刊，由其媳婦李若鶯校編。日本殖民時期的臺灣人，因為族群、居住空間、殖民身分的時間長短、教育程度等等諸多不同因素的制約，對殖民者日本的感情十分複雜，感恩愛戴、懷恨憎惡的皆有之。林清文屬於一心向漢、敵視日本者，本書由作者出生追述到二十歲，對日治時期的農村、教育、個人生活與情感的糾葛等等，都作了告白式的敘述。

葉笛（1931-2006），如果你的時代、你的活動空間和葉笛重疊，如果你也喜歡文學，而你不曾和葉笛有交集，錯肩如陌路，那真是一種損失。因為他的作品，都是人品的印證、生命的履跡。我常懷想他辭世前二、三年，我和林佛兒與葉笛夫婦時相過從、縱歌放論的快意時光。葉笛的創作，雖然以散文和詩為主，他晚年一系列對臺灣早期作家的論述，篇篇擲地有聲，是研究臺灣文學非常重要的文獻。本書由葉笛哲嗣葉蓁蓁與葉瓊霞教授合編，精選其散文與詩作佳篇，希望讀者讀的不僅是作品，也能由其中看見一位人格者的內在風景。

許達然（1940-），國際知名清史和臺灣史研究學者，臺灣當代最重要的散文家，也是一位重量級評論家與優秀詩人。國內身兼研究學者和創作作家而都能遊刃有餘如許達然者，並不多見。許達然自年輕留學美國後，即旅居美國，但和國內學界、藝文界給終保持密切聯繫，作品迄今發表不輟。許達然和葉笛為至友，葉笛臨終前臥床數月，許達然幾乎每日從美國來電殷殷致問，情義感人。本書由莊永清教授選編，許達然的散文很有個人的獨特風格，特別在語言方面，盡量不用成語熟語，創造許多獨創的活潑語詞，讀其詩文，每有別開生面的驚歎。

本輯還有一本邀稿作品，是陳玉珠（1950-）自選集《陳玉珠的童話花園》。陳玉珠是國內知名童話作家，得獎無數。我常抱憾臺灣的童書有二大缺失：一是題材傳統守舊，老故事說來說去，卻又不能因應時代變化給予進步的思想引導；一是語言的文學性貧弱，故事是說了，情節是交待了，卻不能順便提升讀者（特別是兒童、少年）文學美學的薰陶。從這個角度看，本書是改良童書。作者自其歷來創作中精選三分之一成書，作者本身也是畫家，所以其故事充滿豐富的形象描繪，每每使讀者眼中看的是文字，腦中浮現的卻是一幕幕影像。

本輯另有三本徵選出列的作品，都是現代詩。

陳志良（1955-）是資深知名書畫家，其實，他寫詩的資歷更早，在高中時期就開始了，雖然他後來以繪畫和書法馳名，詩也沒有因此擱淺，他一直沒有停止以詩的方式記錄他的生活、他的思想、他的情感。他把詩，用繪畫般的書法表現，或題寫在畫幅中，早期文人以詩書畫三絕為藝術追求的至境，我個人認為，陳志良的作品，不管是繪畫或書法，都是詩、書、畫交融的表現。本書為作者寫詩四十餘年的自選集，作者的心境和生命觀，其實，已體現在書名中。

臺灣的作家，有很多同時是教育工作者，也許因為他們的學養，使他們具備寫作的技巧，他們從事的是與「人」相關的工作，觀察閱歷既多，塊壘自然形成，在一吐為快的催化下，作品於焉誕生。但也不可諱言，教職者的創作與專業作家相較，常顯得在語言的活潑與題材的創意方面略遜一籌。本輯二位徵選脫穎的教師作家，卻難能可貴的表現了專業作家的水準。謝振宗（1956-）在臺南教育界服務三、四十年，因地隨事摭拾而成詩，把與臺南相關的都為一集，《臺南映象》留下歷史的紀錄，也留下個人的行蹤形影。林柏維（1958-）的《天光雲影【籤詩現代版】》，看標題就很吸引人想一探究意。我年輕時，曾想過把中國經典《詩經》的每一首，都改寫為現代詩，行動力不足，沒能實現。林柏維的作品並非改寫，而是被「籤詩」觸動後的自由發想，每首詩既是自己的情思哲理的映現，又要與原籤有所呼應，若即若離，不即不離，更不容易，是首開前例的作品。

最後，恭喜臺南市的作家有機會出版、流傳他們的佳作大著，恭喜臺南市政府，轄下有這麼多文學人才，年年有優秀的作品再接再勵。希望以後有更多樣的書籍、更多年齡層的拔秀作家，一起徜徉府城這座文學森林。

序　重音迴谷響葉笛

文／葉瓊霞、葉蓁蓁

葉笛（一九三一—二〇〇六），本名葉寄民，葉笛為最常用筆名，另外可考者尚有野風、牧民、白水、葉長菁等。籍貫臺南灣裡，成長於屏東，就讀戰後臺南一中，後畢業於臺南師範學校，曾任教於雲林元長國小、臺南海東國小。一九六九年以三十九歲之齡毅然辭卻國小教職，負笈日本，插班就讀日本大東文化大學日本文學科二年級，一路修至博士學程。旅居日本三十年期間，執教於東京學藝大學、跡見女子大學、專修大學、聖德學園女子短期大學等校。一九八五年，與在日臺灣學者，共創「臺灣學術研究會」，開始臺灣文學與文化、思想之研究，一九九三年返台定居於故鄉府城，專事臺灣文學研究與翻譯，曾獲第二屆府城文學獎特殊貢獻獎、《創世紀》五十週年榮譽詩獎、巫永福文學評論獎、臺南師範學院（臺南大學）學術類傑出校友獎等，二〇〇六年病逝臺南。

葉笛的創作文類以詩、散文為主，惟一九九三年返台之後，因臺灣文學研究之使命感催迫，投注大量心力於翻譯與評論。葉笛早年便以新詩名家，屬於戰後第一代詩人，一九四八年開始寫作，作品發表於《野風》、《綠洲》、《星座》、《半月文藝》、《笠》、《創世紀》等刊。並曾與少年好友郭楓、李天林創辦《新地》文藝月刊，擔任發行人。一九五四年他出版第一本詩集《紫色的歌》，據張默所言，此為臺籍詩人的第一本詩集。一九九〇年推出第二本詩集《火和海》，另外尚有七十四首詩作，詩人於病榻上自題為《失落的時間》，不及成書。以上各輯，包括舊作補遺，以及（部分）日譯、英譯、臺譯各版，均收錄於二〇〇七年國立台灣文學館出版之《葉笛全集》卷一、二。葉笛的散文創作時間跨度更大，從一九五〇年代到二〇〇三年，發表園地除了上述刊物，還有《筆匯》、《新地》、《文學台灣》、《自立晚報》等，輯為《浮世繪》一冊，由春暉出版。加上補遺與日譯版本，收錄在《葉笛全集》卷三。

對有心進入葉笛文學世界的讀者，閱讀《葉笛全集》，以及《台灣現當代作家研究資料彙編78》之專冊《葉笛》，是最全面的作法，但是只想取一瓢飲的讀者也有可能透過經典重讀，與城市的密碼和詩人的生命相遇。本書在葉笛逝世十二年後重編，想要提供一些與葉笛文學對話的新角度，也在此思考台南作為一個文學城市，曾有哪些人努力讓作家精神不死，進一步成為城市集體記憶的一部分。

一、銘印之詩

本書是包含詩與散文的選集，對於大部分只把葉笛定位為詩人的讀者來說，認識葉笛的散文應該是心靈維度的擴展。因為葉笛的創作履跡是詩與散文二者並進，本書採用編年方式排序，基本上依《葉笛全集》考證，除組詩不予拆散，其餘大致按創作時序排列。葉笛早年的詩，清新素樸，浪漫熱情，有如一束射向陽光的發亮箭矢。而約略同時期發表的散文，節奏舒緩悠長，可以感覺到創作者有如畫家一般，端詳著筆下人物、社會氛圍，細細描摹出一幅幅眾生圖像，與書名《浮世繪》若合符節。葉笛的作品透過繫年，提供詩與散文兩種文類互文的軌跡，讀者在閱讀過程中可以時相對照，對於青年葉笛的精神面貌當有更清楚的掌握。選文原則方面，以編者和親人的雙重視角，本書所選詩文，是我們認為在葉笛長達七十五年的生命史中，具有銘印意義的作品。葉笛真摯率性，讀他為親人、愛人、知友賦詩，能真切體會這些人、這些情感在他心中的分量。例如：

當天上羅列的星火暗淡時，
地上還有慈母底心燈，

要點燃到天明。

——〈深夜草〉

生命之根

斷裂

死亡

　以「沉默」的形象

出現，

擊倒流浪的孩子，

再也聽不到

您那一句：

「你回來啦」

——〈逝——悼亡母〉

長兄戰死南洋，是少年人生初嘗的哀傷，而看著夜夜垂淚的母親，體會她的喪子之情，悲上加悲。時光荏苒，數十年後母親也走完人生旅程，他的體會是生命之根斷裂，伴隨著闃然的沉默，母親的聲音被永遠封存，這是無聲之慟。

在夢想常被現實輾碎的日子裏
妳底微笑溫暖了我凍僵的心

在荊棘的坎坷的路上
我跌跌撞撞欲倒時
你柔弱的手是有力的手杖
——〈有贈——給桂春〉

對牽手四十六年的夫人邱桂春，他寫下這首情詩。歌頌的是那堅持一生的扶持與微笑，在炙熱的世界、坎坷的路上彌足珍貴。

不知何時生下何時死

漂泊的命運是櫻花
透亮發光的生命
甦醒於沉黑的大地

櫻花是四月的時雨
溫柔地向異鄉人
呢喃寂寞希望之歌

——〈落花時節〉

每年四月的東京，櫻花如雨，葉笛為女兒寫下這首詩。有人會為櫻花的宿命喟嘆，美麗卻不長久，枝上綻放一時，旋即墜落。但此詩中全無一絲傷春哀傷的氣息，因為詩人看到的是生命的復甦萌發，從沉黑的大地中，生出透亮發光的生命，燦爛美麗，溫柔飄飛，將一瞬活成永恆。「飄落在大地的花朵，每年都會甦醒」，是他的愛語，送給女兒和所有堅強生活的人，所有沉沉黑暗之中，都有等待新生的花蕾。

二、組詩全貌

除了上述銘印之詩，我們特意將葉笛一生中三部組詩全數選入，完整呈現，分別是《火和海》、《台灣早期現代詩人論》、《癌病棟》，希望可以讓讀者看到他創作組詩完整的精神構圖。

《火和海》組詩共十七首，是葉笛一九五八年服役金門，遭逢八二三炮戰，斷斷續續在掩蔽坑、戰壕中完成的作品。一個小兵，日日被砲火威脅，被死亡凌遲，生存變得荒謬、矛盾，但死亡卻無比真實。這組詩作出版以來廣受詩壇評論，並以為是逼視戰爭、探討存在與死亡的力作，坊間大多數選集都只選取部分，本書特別將之全數選入，以饗讀者。

《台灣早期現代詩人論》原是發表於《創世紀》詩刊的專欄，他每輯介紹一位台灣前輩詩人，專論之後附以一首贈詩，等於以詩以文，與十六位前輩詩人對話，讀來如捧一瓣心香，秉燭夜談，每首詩都溫潤有情。因為葉笛深厚的中日文學養，轉譯了上一個世代以日文進行的文學史，他把自己鋪成一條通往前輩詩人內在世界的橋樑。我們因之覺得，好像也得以與前輩詩人在時空某處神交、默會。

《癌病棟》是他生命最後階段的作品，是他「注視病中的自我，環視癌病棟的風景」，也回顧自己生命來時路的對照返視。例如，病歷號碼令他想起兵籍號碼，那從八二三炮戰以後就跟隨他一生的數字；凝視自己鏡中形銷骨立的臉龐，發現竟相似於病榻上晚年的父親；癌症意味著靠近死亡，但癌病棟人來人往，煞像做醮熙來攘往的香客，面對這生命的反諷，他微笑言道「難怪活著就不覺得寂寞」，流露他一貫的瀟灑豁達。

三、生命叩問

如前所述，葉笛在詩文中對死亡的吶喊、對生命終極的詰問，始於少年時期，甚至可以說是催迫他以文學尋找出口的板塊壓力。與死亡對望，過程中有如仗劍交鋒，時而近身相逼，時而遙相對峙，卻總脫離不了對陣場域，因為死亡無可閃躲。他的發問有時深沉濃烈，大扣大鳴，有時卻雲淡風輕，如臻化境。

讓一切該死去的死去，
讓生命、思想、信仰，
　在一次爆炸裏，
　　在火和光的交迸裏，

蘇醒、開花！

我將站起來，
我將叩問：
「親愛的上帝，我何時死？」
為了那震撼的靈光，
為了那生命的真實，
我願以千年的生存，
　換取死亡！
——〈暴風雨——為靈魂的生長而作〉

不用流淚
我活過　思想過　愛過⋯⋯
生只是一個開始

死只是一個終結
　只是時間征服了時間

我靜靜地傾聽著
　山風低吟輓歌
海濤歡呼新生

大海是我的墳塋
巨木是我的墓標

——〈墓標〉

人從不能自主地被誕生為起點，到凜然感知於終點死亡，在這天平兩端間開展的就是生活。矛盾固然所在多有，但生命本是用來燃燒的。悠悠天地間，他向空投擲出詩句，用散文層層鋪陳上色，標示了自我意志在三維空間裡的位置。

生活的理念和現實是有一段距離的。如何去縮短這一距離就是生活，就是追趕時間，就是燃燒生命。不能不在矛盾裏活著，這就是生命的真實。

——〈北風〉

一條船，一個海港，一支螺絲釘，各自有其命運。通過「時間」，船變成廢船，海港變成死港，螺絲釘變成銹鐵……這都沒有什麼關係，但願從「始」到「終」之間，一切都有發光的夢。

——〈船，碼頭和螺絲釘〉

四、層疊之夢

夢，是葉笛詩文中一直以不同方式，不斷出現的字眼。對生活如何讓人遍體鱗傷毫不陌生的他，從未天真到以為夢可以堅強到擊敗現實。

……滿床滿床夢的死屍。

每天每天
從清醒的夢中醒來，
總是看見哭紅眼的太陽。
——〈夢的死屍〉

但一個夢死了，會有另一個新的夢從廢墟中生出來，床邊即使遍佈夢的死屍，我們還是有夢想的權利。現實愈摧折，他凝望夢想的眼光愈熾烈，特別是在一個已經許多人放棄做夢，向現實屈服的年代，文學正是他的救贖之道，匣中之劍。

即使
在這硝烟迷濛，
黑暗要壓斷脊樑的世界上，
我們還是有個夢想，
不死發光的夢想！
——〈夢〉

對葉笛而言，文學從來不是一種姿態，更不是口號，他的文學完全是人格的真實反映。他畢生視威權主義或社會成規如糞土，對己身捍衛的價值則當仁不讓。即使無緣親炙本人，在他的作品中也很容易接收到一種高度的堅持與純粹。隔了半世紀回望，仍令人動容。甚至應該說，經過幾輪政權與世代的交替、世界局勢的巨變淘洗、各種價值觀的對立轟炸，台灣年輕世代對自我、對未來的茫然不確定，可能甚於五十年前的世代。隔著遙遠時空，重讀葉笛、詮釋葉笛，變成一種跨世代的對談。他在充滿黑暗硝煙的廢墟上，不放棄孵育新生夢想花蕾的堅持，仍然給年輕藝術創作者帶來力量。

葉笛逝世十二年來，在他的故鄉臺南，敬愛懷念他的藝術工作者，以各自的創作持續向詩人致敬。「那個劇團」藝術總監楊美英，因懷想葉笛而發想創作舞台劇〈夢之葉〉，基於「特定場域表演」的創作理念，共發展出三個場地、三種不同版本，分別公演於南門路草祭水又二手書店（二〇〇八）、愛國婦人館（二〇一三）、國立台灣文學館B1圖書室（二〇一六）。其中，草祭水又二手書店於二〇一七年熄燈後，當年那個劇團在書店創造歷史的場景也成歷史，城市的人文風貌恆常如此更迭衍異。二〇一六年國立台灣文學館所策劃「光影交錯間的吟詠——葉笛逝世十週年主題展」，系列活動之二「音律吟詠說葉笛」中，有兩位年輕音樂人作曲題獻，分別是周慶岳

〈關於一首詩的描述〉、林威廷〈風之影〉、〈迷失時間〉，葉笛摯友與詩壇後輩也為他賦詩朗誦，分別是林瑞明〈二人同行〉、呂興昌〈行入無汝的春天〉，還有台語詩人王貞文〈佇牆仔邊我遇著妳〉。詩與音樂，相和相應，這些作品彷彿穿越時空深谷的迴音，映照著葉笛那浪漫瀟灑的人格特質。文學必須從生活的呼吸裡取得血肉，但文學也可以貢獻悠長清朗的迴音給這個城市，以詩還詩，以樂還樂，他們示範了一種重讀葉笛、與葉笛對話的方式，是最美的一種。

目錄

組詩三

散文選

詩選

深夜草

一、小蟲

在沉沉的夜裏
你不息地低吟……
是慰我底孤寂以你底歌，
抑或
為了你渺茫的生命的嘆息？
夜夜，夜夜……
聆聽著你底聲音，
淒然的悲哀呵！
滲透了我底心。

二、夜籟

如古井的反擊，

遠遠近近的犬吠，
空洞地響在岑寂的夜裏，

是誰家的孩子，
從迷夢中驚醒？
急促斷續的啼聲裏，
隨著低柔的催眠曲，
飄進了我底耳際，
呵！我知道：
當天上羅列的星火暗淡時，
地上還有慈母底心燈，
要點燃到天明。

——一九五二年八月十五日午夜

*編註：《野風》四八期，一九五二年十二月一日。

墓誌銘

這裏埋藏著一個人
像密林裏偷開了的野花，
　又偷偷地凋殘了的人。
你雲遊的行人啊，
這墓碑上不完整的字跡，
倘能僥倖地引你注目，
那麼你得會看到：
「呵！善良的朋友，請稍停會兒——
把這些話傳給世人吧！
說在亙古『遺忘』的虛寂裏，
『名譽』和『權利』，『悲哀』和『快樂』，
都超脫時空，變成了沒有顏色的顏色！
告訴他們不要流淚——當他在世之日
　即使噬心的苦痛使心出了血，
不然，當走到荒塚的邊緣時，

便沒有足夠的懺悔的眼淚了……」

這裏埋藏著一個人，
像密林裏偷開了的野花，
又偷偷地凋殘了的人！
在這些「時間之輪」馱走一切的日子裏，
為這長眠之人編織著輓歌的，
祇有草叢裏低泣的草蟲……

*編註：發表於《野風》，五四期，一九五三年四月十六日。

痴人夢語

一、無神論者的上帝

上帝聽不見，永遠聽不見：
在別人面前宣耀自已的虔誠和德行的聲音。
然而，在這世界裏。
每人可能都是自己的上帝——
當他在自己的心中，
叩問自己的真實的時候。

二、丑角

我是個丑角。
「命運」注定我扮演這個角色。
於是，我在人間的舞臺上，

在麇集的觀眾之前：
蹦跳，豎蜻蜓，翻筋斛……
換取別人興奮的歡心和喝采，
因此，在我底生活裏，
荒唐是嚴肅，
畸形是常態，
悲哀是歡樂，
啊！親愛的觀眾們，
請多多給我喝采。

三、瞎子的幸福

聽說盲人是有第六感官的，
就像在幽暗中頡頏而不撞壁的蝙蝠，
於是，他們乃能看見不可見的，

於是，他們乃能認識不可認識的。

我有兩個眼睛，
大大的亮亮的眼睛，
但，那睜眼睛說白話的傢伙，
不相信我的視覺健全，
他們說：
「唉，朋友，你真不幸，
你不認識世界，
如若你不是色盲，
你所看見的——
唉，只是虛象……」

啊！我的天！
我是多麼不幸！

我的眼睛不適合他們的世界，
我是能看的盲人，
然而——
噢！瞎子是有福的啦！

*編註：發表於《綠洲》二卷八期，一九五五年八月二十日。

暴風雨——
為靈魂的生長而作

雨、熱切的雨
傾注的雨，瘋狂的雨，
風，旋轉的風，
閃電，
突破黑暗的閃電，
震撼天地的雷電！
這光芒，這轟響——
頹廢的靈魂的顫慄
痛苦的靈魂的爆炸，
卑賤的靈魂的死滅，
啊啊，死亡的新生。

再會，我的靈魂，
向沒有光、沒有熱的昨日，
說一聲再會！

讓一切該死去的死去，
讓生命、思想、信仰，
在一次爆炸裏，
在火和光的交迸裏，
蘇醒、開花！

我將站起來，
我將叩問：
「親愛的上帝，我何時死？」
為了那震撼的靈光，
為了那生命的真實，
我願以千年的生存，
換取死亡！

＊編註：發表於《詩與音樂》雙月刊創刊號，一九五五年十一月十日。

幻覺的癖性

一、印象

秋裸露著熟透了的肢體
一片黃，一線黃，黃的點和線……
熟透了的秋有蘋果的香。

這顏色，點、線、交感，
秋有著三十多歲的成熟婦人的肢體，
而這靜謐裏，埋著狂熱的心

像 Van Gogh 的彩色燃燒著，
　燃燒著一片麥浪

二、幻覺

我仰臥在靜靜的郊野，
　深秋的荒漠的郊野。

鼻尖是支點
從鼻尖
上升到天心，下降到地心
是槓桿的兩距點。
支點挪動，宇宙旋轉：
靜，靜，靜化的剎那！
靈魂沉醉地死去了，而
幻覺顫顫地
　馳擊過神經的末梢。

＊編註：發表於《創世紀》五期，一九五六年三月；《笠》一三期，一九六六年六月十五日。

你將往何處

健全的本能如一塊頑石，
叫我忍受生命的腐蝕，
但，懷疑的鴆毒滲透心靈
在室虛的時間的嚴肅的浪費裏
拖著孤獨的身影
我已走到盈淚的深谷，
啊！你將往何處……

過往，是一片夢的殘骸
現在，五里霧中只有孤獨，
未來，是沒有顏色的預感和恐怖，
沉默的樹林，閃爍的星羣，
不再歌唱的小鳥，嗚咽的泉水呀，
你們不要嘲笑我，注視我，
我是被猶豫執行死刑的

生命的吉布西！
天堂和地獄；
只是一條同樣狹窄的路
熱情已成灰，
眼淚已無鹹味，
呵！你將往何處……

生命是為了死，抑或
死是生命的開始？
每天八萬六千四百秒
我的心臟歡悅地跳蕩著
走進一位黑女神的乳房
為了那甘美的死亡的誘惑……
因為，我已洞悉一切生命的
虛無和欺騙，

因為，我聽見——
那來自幽冥的殿宇的淒涼的夜曲，
如此美麗地動人，如此罪惡地靜謐！

你還時時徘徊著嗎？
可憐的生命的賭盤上的羔羊呵！
上帝迷失於自己的天堂
魔鬼沉淪於自己的地獄，
你擁抱著鮮紅的心臟
浮沉在沒有鹹味的淚海
啊！你將何處去？
你將何處去？

——一九五六年五月十日午夜屏東

＊編註：發表於《創世紀》六期，一九五六年六月。

醉酒的人

披著褪色的風衣
雙手插在口袋裡
如一陣風
　從酒店裏跌撞出來。

患盲腸炎的大街
陡地站立在眼前，
如同剛才丟在酒杯中的魅影，
踢也踢不開的
長長地延伸在眼前。
有人拍我肩膀招呼我，
噢，陌生人，
　陌生的城市，
別招呼我，
我不認識你，

我不認識這城市，
我連自己都陌生，
我像一匹獸
只認得自己的腳印，
冷冷的星子們的
冷笑和囁語。

別問我要去哪裏！
上天入地
東南西北
我走我的！
但，該去哪裏？
既然賭輸地上的天國
該去哪裏?!

祝福你
　醜惡的美人！
祝福你
　幸福的乞丐！
祝福你
　罪惡而動人的城市
祝福所有人——
羊和老虎睡在一起的
　天國就要來臨了‼
然而，咕·克列奧派特拉
　為什麼吻花籃裏的毒蛇？
別沖我訝異，
我沒有醉！
我的存粹理性如康德，
只是酒精軟化的舌根，

要吐一些夢語
要唱出殭死在胸臆間的
讚美歌而已……

陌生的兄弟，
緊握住手和手吧，
為什麼人會寂寞透心——
像丟棄在深夜街上的空酒瓶。

——一九六六年元月五日

*編註：發表於《星座》五十五年春季號，一九六六年三月。

秋

霧裏
一個中年人，
一枚顫慄的黃葉。
猝然——
時間的過敏症
在那中年人的臉上
印上秋的蕁痲疹，
　斑斑的　斑斑的……

＊編註：發表於《笠》二七期，一九六八年十月十五日。

夢的死屍

別叫醒我，
我還要繼續我的夢，
怎能離開夢的碼頭呢？
只有在孤獨的夢裏
我才清醒。

「早晨的公園」，
扭掉收音機
燒掉門縫投進來的日報，
天氣預報、明星、車禍、謀殺、強姦，
冰凍的熱戰、開花的炸彈、逮捕……
夢在顫慄！
誰叫你打開窗？
陽光一踱進來，
向日葵枯萎，

靜謐的山野變成戰場，
七彩噴泉乾涸，
白鴿斷頸折翼，
頌歌嘎然而止，
滿床滿床夢的死屍。

每天每天
從清醒的夢中醒來，
總是看見哭紅眼的太陽。

＊編註：發表於《笠》二八期，一九六八年十月。

白鴿之死——哀　馬丁路德・金恩博士

一九六四年死月死日（註一）
您猝然倒臥在血泊裏，
在亞美利堅，
田納西的孟斐斯城。
罪惡的黑手謀殺了和平，
把羞恥烙印在歷史上，
給人類的尊嚴以致死的一擊！
哀，馬丁路德・金恩呦！
您不曾留下一句話，
也不曾動彈一下，
臨終的剎那，
你看見的是
滿臉悲戚的基督，
驚懼嚎啕憤懣的同胞的黑面孔，

抑或夢想迸裂散亂的碎片?!

「我有一個夢想：
有朝一日，河谷昇高，山嶽降低，
崎嶇地方變成平原，
彎曲地方變成平地，
一切眾生都能共見基督的榮耀……」（註二）
這充滿渴望而又有磁性的聲音
曾響徹華盛頓林肯紀念廳，
激起共鳴匯成永恆的回聲！
而如今呢？
您已沉默如一塊黑寶石，
您已不再向曄曄的陽光微笑。
真理、春天
已隨著被擊斃的夢想

遠離充滿淚水的大地！

甘地灑過的聖血
猶未澄清恆河和印度河，
您汩汩長流的鮮血
將在何時開花？

哀，人類清醒的愚昧、殺戮，
這不是頭一次！
安息吧！
請安息於您的各各他山（註三）
請安息於您的無花果樹下吧。
您已一去不復回，
但從您的鮮血、禱告裏，
您的夢想正在發芽，

您熱切的語言
將永遠燃燒在
　正義的人們熾熱的心上……

　　——一九六八年四月十日寫於台南
　　——一九七九年十月二十七日改於東京

【註釋】

註一：死月死日即四月四日：馬丁路德．金恩（King.Martin Luther.Jr 一九二九—一九六八）被暗殺的日子。

註二：「今天，我有一個夢想」的演講係金恩博士於一九六三年八月二十八日，在歷史性的「向華府進軍」時，於林肯紀念廳上向二十萬黑人和白人宣講的。其主要作品還有：Stride Toward Freedom（一九五八），Why We Can't Wait（一九六四）等。

註三：各各他山：Golgotha係基督受磔刑的山名。位於耶路薩冷北部的岩石山丘。

＊編註：發表於《笠》九四期，一九七九年十二月十五日。

玫瑰——致楊逵先生

您是一朵玫瑰
在風雨如晦
貧脊龜裂的大地上，
七十七年了
您傲然挺立著
孤寂地開花！
您的芳香和刺
叫人們懂得了：
「與其跪著活，
不如站著死！」
您是一朵玫瑰，
永遠年輕壓不扁的玫瑰！

——一九八二年十一月六日夜楊逵來日文藝座談會上

這個世界

世界已跌入陰霾霧障，
圍繞地上的鐵刺網，
　比地球的圓周還長。

無數飢餓的手，
殺戮的黑手，
　就在十目所視
十指所指的地方
搖晃、交錯、交錯、搖晃……

嗅覺已分不清
　馨香和血腥。
聽覺已聽不出
　歌聲和哀號。

這個世界
人子已扼殺
諸神、太陽和明天
唯有月亮偷彈苦淚。

眼睛

在熙來攘往
神經痙攣的大街上，
在流砂似的人潮裏，
許多眼睛
　流過來，流過去……

陰險而仇恨的，
窺伺而殺氣的
佈滿血絲的眼睛和眼睛，
無機物化的眼睛和眼睛
在鋼骨水泥的森林裏，
冷冷地互相凝望……

人類，已淪為被猴子嘲笑的
可喜的族類！

——一九八三年九月二十三日定稿於東京

夢

即使
在這破爛一團的，
大白天還得點燈的世界裏
我們還是有個夢想：
　撞開九重的黑色鐵門，
　走進燦燦的陽光下，
　走向綠綠的原野上，
　那裏——
　小寶寶在母懷中酣睡，
　男女老幼都不分膚色，
　喜滋滋的臉龐上，
　閃耀著希望的亮光……

即使
在這硝烟迷濛，

黑暗要壓斷脊樑的世界上，
我們還是有個夢想，
不死發光的夢想！

——一九八三年九月二十三日定稿於東京

有思三章

一、孤岩

孤岩屹立
抗拒著
　風霜
　雨雪

一天
孤岩猛然迸裂
噴出一股火
燒死
　一切屈辱　和
　不該屬於自己的
歷史的
歷史！

二、呼喚

憋不住
一個世紀的怒火
沉默的心
爆炸

呼喚
要成為自己的主人！
呼喚
要掙斷世代的鎖鏈！

三、霉雨季

太長　太長了！

常夏之島沉淪
　在霉雨季裏

常夏之島
　在霉雨季裏
開始顫慄
　發霉　癱瘓

陽光盲目
鳥語啞死

揮起手臂
巨大的戈矛
戮穿
黑暗的

沈甸甸的
　雲層
討回來！
把太陽討回來！

——一九八五年五月二日夜於東京

石之花

流逝不停的時光啊，
請停留！

誰知道：
曾有年輕發光的夢
化成青苔斑斑的石之花？

誰知道：
在你冷冽的湍流裏，
石之花幽幽的嘆息？
流逝不停的時光啊！
請停留——
噢，請停留片刻！

——一九八八年一月二十五日於東京重寫

＊編註：發表於《笠》一四四期，一九八八年四月。

禱

主啊！賜我以足夠的智慧吧。
讓我明辨菽麥，
但不用聰穎得
否定您和我自己。

主啊！賜我以健壯的身體吧。
讓我有力氣耐得住生活，
但不用強壯得
把別人都踩在腳底。

主啊！賜我以純厚的情感吧。
讓我能感受一切
但不用熾熱的
拿熱情的焰火焚死自己。

主啊！您要我克制情感，
但好奇豐盈的天性
偏要我接近美麗的誘惑。

主啊！您教我嫉惡如仇，
但自私和懦弱
　偏要我變成一隻鴕鳥。

啊！您的迷途羔羊
夾在理性與感性的峭壁中，
日夜逡巡喟嘆，
夾在正義和自私的鐵壁中，
日夜喘哮自慚，
告訴我吧！
該怎麼　活

下去?!

——一九八八年七月八日、晨、東京

有贈兩首——小蓁初產有感

一、新生

是生命都有根，
根在錐刺錘擊震撼裏，
億萬光年的星球上
閃過晶瑩的淚光，
一聲原始的哭嚎，
沖破產房，
一個新生命誕生！
黝黑的大地上
顫顫透出曦光……

二、祝福

期待、顫悸

顫悸、期待……
我無語的祝福
溶入天邊的透藍，
飛越浩瀚的汪洋，
願生命如滿湛
歡樂的大海！
願生命如蘊藏
活力的春天！

——一九八八年七月凌晨　東京

歷史之眼

談到他
誰不一清二楚
中國近代史上的偉人哪
伊有惡魔的靈魂
殺人如麻　血流成河

談到他
誰不佩服得五體投地
海島上　每個角落
　不都是他的銅像？

他謎樣的微笑　如今
　被踩在地上
日日夜夜
歷史的白眼

眷顧著他……

——一九八九年五月三日　東京

火鳳凰

火鳳凰為埃及神話的靈鳥（phoenix），不死鳥，形似鷲，有金色和紅色羽翼，據傳每五百年一次，飛入火中自焚，而由其灰燼中再生。

黑暗的白天
以肉體為火炬
點燃信念的聖火
聖火熾燃

你成為火鳳凰！
燃燒的火
燃燒的淚
燃燒的心
瘖啞的孤鳥
　在震蕩！

深海的火山
在震蕩！
火鳳凰呦！
飛翔吧，
雄勁地鼓動
你金紅的羽翼
飛上九重天！

——一九八九年五月　東京

＊編註：一九八九年四月七日鄭南榕先生自焚身亡，依寫作時間及內容推測，本詩是向鄭南榕致敬之作。

逝——悼亡母

無熱的燈光
淒清的
一室的淒清，
寺院外
冬天的草蟲
　嚁嚁　嚁嚁
哀泣……

「我回來啦」
氧氣罩下
您的呼吸似有若無，
凝固結冰的
　一室的語言。

生命之根

斷裂
死亡
以「沉默」的形象
出現，
擊倒流浪的孩子，
再也聽不到
您那一句：
「你回來啦」
沉默的沉默的
沉默！
嚯嚯　嚯嚯
是誰在哀泣？

——母親逝世之翌晨，台南
——一九八九年十一月改於東京

白眼看天篇

一、人民的天堂

這裏是人民的天堂

誰翻著白眼向天堂吐痰的
　誰就是政治流氓
誰嚷著要組織自主工會的
　誰就是工會流氓
誰喟嘆種田無以為生的
　誰就是農民流氓
誰反污染索求乾淨土地的
　誰就是環境流氓
誰拿筆要挖歷史瘡疤的
　誰就是文化流氓

法利賽人面對數不清的流氓
雙眼爆滿血絲

風馳電掣開出
一輛輛鎮暴車
一隊隊鎮暴隊
將各種流氓一網打盡
是的，這是人民的天堂

二、道德經

他們的教條
是道德
他們的喉嚨

是聖殿的管風琴
他們高舉道德的魔劍
腳踏道德的風火輪
到處宣揚道德

道德至上
一聲令下
他們把公理溺斃
　在糞坑裏……

三、尊貴的大人們

尊貴的大人們來自第七天國
有鐵的心臟和鋼的牙
在高聳的戲台上

他們拍著胸膛指天發誓
人民只要跪著爬
將會獲得自由和幸福

尊貴的大人們
努力地營造人工樂園
砌起通往七重天的自由的樓梯
要人民跪著爬上去……

四、保險室

要檢驗憲法
怎麼不可以？

要修改憲法嗎？

可以，可以

來來，跟我來
喏，請進，請進
憲法就保存
　在這囚房裏

——一九九〇年十一月二十四日　東京

＊編註：發表於《新地文學》一卷六期，一九九一年二月五日。

冬之歌

銀杏　櫸樹　櫻樹
將瘦巴巴的手　舉向
　煙塵染黑的天上

朔風在流浪　哭泣
星子們徘徊在睡窩外

奏完第九交響樂
貝多芬醉倒在酒店
英雄的夢與歌死在原子爐邊
荒寒的空中　響鳴
聖誕老人雪橇的叮噹聲

明天之歌　消失在

車水馬龍的雜沓聲中
第九交響樂的 melody
瀉在空濛的大地上
猶如哀悼
不再有夢的荒地……

——一九九一年十二月二十夜　東京

落花時節

飄落的花兒是蝴蝶
在四月天沒有路的路上
翩翩飛舞

短命的櫻花
微笑著在飄落
宛如追求著花兒在飛的蝴蝶
將一瞬活在永恆

飄落的櫻花
是四月縹緲的時雨
無事地飄落在悸動的心上

不知何時生下何時死
漂泊的命運是櫻花

透亮發光的生命
甦醒於沉黑的大地
櫻花是四月的時雨
溫柔地向異鄉人
呢喃寂寞希望之歌

——一九九二年四月五日

＊編註：本詩係由日文創作〈花落滿地〉修改而來，原作於一九九二年四月五日。後以〈父女書——葉笛與女兒蓁蓁的書信體〉附錄形式發表於《鹽分地帶文學》雙月刊第三期，二〇〇六年四月。

時間

沉默蔚藍的蒼穹下
榕樹盤根錯節的一堵城牆
屹立著
凝望汪洋大海
凝望板蕩的時代
已然四個世紀

時間默默腐蝕著人間
默默腐蝕著城牆

面壁九年的達摩禪透了時間？
討海的老人
以一臉如榕樹皮的臉
面對海濤的空茫
時間也在他臉上瞑思？

——一九九五年十一月三日　府城

火焰

我們來自何方？我們是誰？我們將往何處？

——Paul Gauguin

地、水、火、風和天空
一切都已化成灰一色
無光的世界裏
活著　我們徘徊在永夜的九泉

吐的氣息是毒霧
流的眼淚是黑雨
黑眼瞳是死魚之眼
血潮呈顯黑紫色而淤積

心是污染的化石
不知何時人已不是人

浮沉在沉默的時間的黑浪裏
把地、水、火、風和天空還給我們
還給我們的一切
生命在吶喊　心在烈烈地燃燒

——一九九一年十二月二十一日寫於東京
——一九九五年五月十六日改於台南

附記：古希臘的詩人哲學家埃姆佩德克烈斯曾把世界分為地、水、火和風。但，古印度把天空也當作一元素。

＊編註：發表於《笠》小別冊，一九九六年七月十五日。

仲夏之夢

蔚藍的藍海
白色的海風
日夜　在呼喚
　從木麻黃樹梢
　從閃爍的海邊

在攝氏三十度的窗邊
藍海在招喚的手
白色的風慢跑的身影
不斷地在閃動

我變成一隻海鷗
我化為一隻熱帶魚
吹著夢的口哨
向波濤裏浮沈的皓月

向噴潮的大海鯨
我從窗邊倒栽下去
向藍亮的海原
我在珊瑚礁的葉陰下
化成漂游的熱帶魚

——一九九八年十月　府城

＊編註：發表於《推理》雜誌一七六期，一九九九年六月。

有贈——給桂春

而立之年
我牽起妳的手
我們走進生活炙熱的世界
在夢想常被現實輾碎的日子裏
妳底微笑溫暖了我凍僵的心

在荊棘的坎坷的路上
我跌跌撞撞欲倒時
你柔弱的手是有力的手杖
讓我撐著走到現在
回首來時路
不覺四十年已杳然

如今我們走在黃昏的松林裏
暮靄茫茫松濤在耳

然而，我們聽得見
前方有「青鳥」在歌唱
明天還會遇見
在向我們招手的
冬天可愛的太陽！

——二〇〇二年一月十一日

＊編註：發表於《笠》二二七期，二〇〇二年二月十五日。

行雲流水篇

一、日曆

撕開二十世紀
　出現的是
是沒有甚麼新奇的
　和昨天一樣的臉的時間
各位：
　這就是大家期待的二十一世紀。

二、問答

你從哪裏來的？
　從東邊

要去哪裏？

去西邊

然後，做什麼？
從西邊回東邊

為甚麼要像太陽
團團轉？
除此以外沒辦法

為什麼？
這就是人生

三、戶籍

你的戶籍是哪裏？

在那雲上
實在是哪裏？
在那颸去的風裏
到底在哪裏嘛！
在那流去的水上呀

——二〇〇一年一月九日台南
——二〇〇一年三月十二日再改

＊編註：發表於《笠》二二九期，二〇〇二年六月十五日。

墓標

我誕生於土地
現在將復歸土地
不用悲傷
人從哪裏來
就得回歸哪裏去

不用流淚
我活過　思想過　愛過……
生只是一個開始
死只是一個終結
只是時間征服了時間
我靜靜地傾聽著

山風低吟輓歌
海濤歡呼新生

大海是我的墳塋
巨木是我的墓標

——二〇〇〇年七月二十九日於府城
——二〇〇一年三月十二日再改

*編註：發表於《笠》二三一期，二〇〇二年十月。

Mahatoma 甘地

啊　聖雄甘地（註一）
我仰望著您
　拄著楞杖
　注視藍藍的汪洋
沉思的銅像

　對人類歧視
　對不公不義
對人剝削人
您揚起反抗的大旗
組織、教育、改造大眾
鍥而不捨地
在南非二十二年
從達邦到德蘭斯法（註二）
您領導人民鬥爭的大行進

從南非的甘地
您成為世界的甘地

大英帝國的繁榮
是印度的衰亡
大英帝國的歡樂
是印度的哀愁
您行腳印度大地
呼籲印度的人民——
不要在鞭子下低頭跪著
要抬頭、要挺胸、要站起來！
拒絕納稅、拒絕就業、拒絕合作
拒絕帝國主義的商品

您和廣大的人民

動手紡織、製鹽
以鋼鐵的意志
以非暴力
終於擊倒了暴力

您堅持主張廢除
扭曲人性的種姓制度
您以大地一般的愛
擁抱不可觸的賤民
稱他們為「神之子」

您大力主張印回兩族
要握手、擁抱、合作
然而　您無私的大愛
卻倒在暴徒的子彈下

啊　聖雄甘地
一個福爾摩莎的子民在思索
您纏著腰布　拄著枴杖
　怎樣周旋於英帝國的總督府
　怎樣不屈不撓地
走遍被蹂躪的母親的大地
　走到印度的日出

一個福爾摩莎的子民
佇立在您的銅像前
　沉思著福爾摩莎的
　　暗夜和明天……

附記：這首詩是二〇〇三年十二月一日到九日參加 INDIA POETRY FESTIVAL 2003，於印度旅次有感，歸台後寫的。

【註釋】

註一：印度詩聖泰戈爾稱甘地為「Mahatoma」，其意為聖雄。

註二：Durban（達邦），南非地名；Transvaal（德蘭斯法），南非地名。甘地曾在南非任執業律師，領導當地黑人民權運動爭取自由平等。

向日葵——梵・高的精神風景畫

貧窮、潦倒、殘疾、孤獨
　就是你的戶籍
這個世界
　就是你夢魘的夢魘
陽光和青春都未曾向你微笑過
你在比利時最貧窮的礦區當傳教士
你把愛傾注於那些過著獸類一般的礦工
　過著比礦工不如的生活
但教會卻開除了
　你這個二十六歲礦區的「耶穌」！
在法國南部的小鎮阿爾勒八個月
你的畫筆迸發出生命力蓬勃強烈的向日葵
　朱紅、普藍、翠綠、金黃燃燒著你
生命的火山終於爆發

湧現出滾流的麥田
向天空直衝顫慄的絲柏
無聲地盤旋的烏鴉
星星旋轉的星夜

你的靈魂
在群鴉亂飛的麥田裏翻滾
在幽暗的星夜中呻吟
但即使聖雷米療養院
也禁錮不了你燃燒的夢

你以彩色的奏鳴曲
謳歌翱翔六合的生命
你最後的遺言卻是：「病苦便是人生」
世界不曾給你過一丁點歡樂

然而
你創造了歡樂賜予這個構造得不好的世界！
——二〇〇五年七月二十四日作
——二〇〇五年八月三十日修訂於台南

＊編註：發表於《鹽分地帶文學》創刊號，二〇〇五年十二月。

微笑

他底微笑靜謐溫馨
和祥而又靦腆
人們都認為他有點癡呆
嗤之以鼻

唉　如今世上
最接近上帝的人
被視為癡憨

難道連上帝
也瘋狂……

——一九九二年四月十九日　黃昏

*編註：發表於《創世紀》一四六期，二〇〇六年三月。

詩人

猛然
　攫住時間
把它一口吞下去

俄頃
　一片湛湛的蔚藍
一片顫顫的光波
溢滿他心胸

詩人浮沉於「時間」的空茫裏
　浮沉於「美」與「醜」之間

——二〇〇一年十月七日

＊編註：發表於《創世紀》一四六期，二〇〇六年三月。

組詩一

火和海

「有兩種不能凝視的東西——
太陽和死亡！」

1

血管中
呼嘯的炮彈，
心臟中
爆炸的炮彈，
大腦中
凝固了的炮彈的哄笑。

耳膜變成薄的雲母，
頭顱失去重量，
變成連接死亡的一直線
兩點的一黑點。

2

在八月
太陽墜落……

樹和樹和樹們
燒焦了綠色捲毛，
落葉無聲
　紛紛　紛紛

當大炮閉住血口，
廟宇中
祭司們和猶太
　爭吵著「血債」
藍藍的藍天
閉目入定，
　在島和海上，

在海和島上。

3

砂丘連綿著砂丘
矮樹和壕塹環繞碉堡，
充血的眼睛默望著
墜落一千次的太陽。

在時間之流沙中
硝烟和鋼片消失，
催折的大樹
沒入白晝巨大的黑夜裏，
在碉堡湫隘的子宮裏
我緊握住「現在」——
一把流動的砂，
啜泣著的砂。

4

莎樂美端在銀盤上
約翰染血的頭顱
投影於發紅不眠之眼

踏過千百次死亡
輕輕地呼喚自己
猛地一醒——
哦，一雙黑色的巨掌
叩開碉堡空洞的門。

5

失去晝和夜
變成地洞中陰性的植物，
觸絲長長
骨頭軟軟，
我是一面網狀神經。

在我之外
炮彈在葉脈中謀反……

「報告」一等兵說：
「幹嘛？」
「我要到外面……」
中士班長繃緊臉說：
「你個糊塗蟲
要拉屎不戴鋼盔！」

噢，戰神
你怎能叫鋼盔保證一個存在?!

6

炮彈像罵街的潑婦
在地洞上挹胸踹腳，
地洞中的黑暗
愕然
　驚立
殭死在顫慄中……
那自動步槍手拍大腿說：
「媽的！這震響
真像那個騷婊子
那天和我在竹床上
弄出來的……」
「時間」癱瘓的肉體
掉落在我的髮叢中。
一隻土撥鼠

竄進鋼盔下，
怯怯地窺視著
洞外的藍天，
藍天默默不語。

7

島在炮彈中
　跳起來、
躍入　燃燒的海，
在柔得叫人心疼的秋空下，
硝烟吞噬著
溫柔得令人心酸的黃昏，
炮彈踢破碉堡的門
而我擁一支M（註一）式步槍
倚立在圓柱式的窀穸中
注視著自己緊握槍柄的
　顫慄的手——
五指！
跌出軌跡

患間歇性癲狂症的時間
攫住我的脖子
將我踢向
燃燒在我腦中的
火焰樹叢中，
扭轉身，
抗拒著，

黃昏到天明，
天明到黃昏，
我變成一塊頑石。

＊編註：M1式步槍，原文作「M1式步槍」。

8

爆炸的梅花
小丑的花臉，
逗弄著死神縱聲狂笑，
狂笑搗碎我的腦，
噢，荒謬是我的真實！
痛苦是透明的屍衣，
我是死亡
最原始的圖騰。

而當死亡
轟然　向我逼來，
我如迸裂的砂礫，
只是一粒沙礫，
不是什麼的
一粒　砂礫！

9

拿撒勒的牧羊人
祢在哪裏？

在黑霧窒息太陽的時辰，
炮彈的讌樂正酣的山下，
我迷失在黑色森林中
看不見十字架，
一如出生之嬰。
渾身觸著冰冷的
　顫慄的
顫慄！
顫慄緊閉的
嘴找不到禱告詞，
顫慄爆血絲的眼，
　看不見祢！

染血的聖袍
飄搖，染血的聖屍
飄搖，
在黑色的霧裏，
黑霧濛濛……
噢，拿撒勒的牧羊人，
祢在哪裏？
祢正在「最後的晚餐」席上？
祢在尋覓頭上的荊冠？
牧羊人——
倘使人子的淚洗不掉痛楚，
倘使人間比地獄還要地獄，
生命是什麼?!

10

在夢也患風濕病的日子裏，
在陰暗潮濕的地洞裏，
什麼在呼喚？
什麼在蠕動？
炸倒的枯樹在萌芽？
沙塚裡的人在起身？

死的寂靜裏
被酒精麻痺的心
驀然驚醒，觸及
死亡的板機！
巨大的黑色鐵手，
那些不斷的跫音
幽幽靠攏來，
　　靠攏

來……

11

海仰臥著，
猶如床笫上裸裎倦睡的女人。
我是灰白的海，那海
已疲倦，疲倦……

一些城市、街道、花叢、樹林，
一些臉孔、眼睛、聲音、跫音，

垂死的記憶
漂流在灰白的海，
灰白色的記憶
在死亡的陽光下
隨波蕩漾……
噢，失去光影的
垂死的記憶！

12

黃昏的天邊
戰爭突現腥紅裸裎的
身子，
無聲無息地
從古老的屋子、壕溝、碉堡外
衝進我的眼中、皮膚、肌肉裏。

八月明朗的島上
蹲著
戰爭巨大的陰影
而在那模糊的陰影裏，
我們喝著高粱，邊談邊吃，
吃著發僵的夢，
喝著透明的時間。

「喂，死到底像個什麼？」
「管他媽的！」
「還不像射一泡精液昏昏睡去……」
終日酗酒的老戰士瞪著我說。
大家哄然大笑
喝酒、吃花生米，
咀嚼著　細細地
　咀嚼著黃昏
咀嚼著
　自己的死亡……

13

在天和海間
屹立著島和島。

在島上的地洞中，
我是一棵陰性植物。
有些人受傷，
有些人死亡，
但，我還沒有死
死去的——
只是「時間」！

刷牙、啃饅頭、喝豆漿，
想天邊的女人……
我活著
把死亡擁在懷裡。

在陽光的閃爍裏，
　死亡在微笑，
死亡溫柔的身子
老妓女似的
　老纏著人不放。

我是一棵陰性植物，
被陽光所摒棄的！

14

哭腫眼的太陽
埋半個臉在海中
測量著死亡的溫度
烏鴉們千百次溫柔地歌唱

哦，仁慈的炮口
你頑固的啞默封閉什麼語言？
這是狂歡的瘋狂季節
怎能默然相對？

來呦，愛倫坡
別擔心你的鬍鬚沾濕酒
我來和你舉瓶對影成三人
而我底「明天」將如何被肢解掩埋
在血祭瘋狂的季節裏？

15

「喂！燒燒肚子吧。」
揚著一瓶高粱遞來一支煙
那愛老酒的戰友說。

戰壕外炮彈跳著輪舞
戰壕內我們燃燒高粱

黃昏無恥地脫著粉紅色的胸衣
而流血的海扭曲著臉
而赤裸的黑色女神
從透明的瓶中走出來。

16

死亡的自由
曾把他抬起來拋向空中
而粉碎了他的頭顱
而那傢伙又從沒有時間的沙堆
站起身步履踉蹌的向我走來——
當我將如一朵曇花的燦爛時
但，我又忘記他底名字

那個把花圈夾在我底日記
曾以她的肉體燃亮我黑夜的戀人
又從遠海的水平線走過來
踏軟我痙攣的神經
當我從碉堡的槍眼瞄射回憶的游魚時
但，我已把她底名字遺忘

許多柔軟的肉體
將在信管的呵欠裏萎縮的夜
在我底睫毛下
那傢伙的頭顱
她顫動的乳房
驀地醒來
　醒來……

17

藍天在碉堡之上
碉堡之外
塹壕．鐵絲網
砂丘和海……
藍天
碉堡
塹壕
鐵絲網和砂丘
和海

殺風景的風景
而我是殺風景的風景中
唯一蠕動的生物
頂一頂鋼盔
我底名字寫在怒吼的

爆風上

哦，上帝，我和祢一樣
我們屬於沒有存在的
存在

——一九六七年

*編註：一至六首發表於《笠》一九期，一九六七年六月十五日，並附〈後記〉，「這些詩是我在金門八二三炮戰下的 sketch 的一部份。」七至十一發表於《笠》二二期，一九六七年十二月十五日。十四～十七首收於《混聲合唱——『笠』詩選》，一九九二年九月出版。

組詩二

現代詩人論——
獻給為臺灣現代詩披荊斬棘的前輩詩人們

荒野裏的小花
——致詩人楊華

在荒野裏
你紮下孱弱的根
而荒旱貧瘠的土地
不讓你綻開豐美的生命
轉瞬即逝
你像不知流落何方的流星

在自己生長的土地上
你踽踽獨行
煮字療饑
卻還在
尋覓自己的烏托邦

我愛你摯情燃燒的小詩
你吃著夢活著

在活著的夢裏死去……

——二〇〇一年二月八日　深夜於台南

＊編註：發表於《創世紀》一二六期，二〇〇一年三月。

致王白淵

靈魂被撕裂的詩人喲
緊鎖眉頭
你不再歌唱了嗎？
只要太陽，月亮　依然朗照　只要
玫瑰花　依然開放　只要
小鳥　依然歡唱……
我依稀聽見
發自你幽暗墳塋裏的
明日之歌！

——二〇〇一年五月十二日，凌晨於台南

＊編註：發表於《創世紀》一二七期，二〇〇一年六月。

俘囚之歌
——致詩人賴和

唉，這真夠不幸，
一誕生就命定要當牛做馬，
至死成為異族的俘囚！

然而——
被蹂躪的島嶼的春天，
被扼殺的島嶼的自由，
一視同仁的紅蘿蔔，
軍靴時遠時近的響聲，
警察大人揚起的鞭子，
公正被奸淫了的牢獄
卻活生生地教育了你，
只有站著活，
才能成為人，
只有無懼滅亡，

才能新生。

於是　面向太陽，
您永遠歌唱——
一個毀滅不了的夢，
這夢啊，
今天仍然活著，
在您活過五十年，
深深愛過的南國島嶼！

——二〇〇一年七月二十九日　台南

＊編註：發表於《創世紀》一二八期，二〇〇一年九月。

詩人和貓的憂鬱
──輓詩人水蔭萍

您在病榻上
翻著我贈送的詩集《火和海》
也許百年來海島上的
火和海湧上心坎
您微弱地道了聲「謝謝」
澄澈的眼神裏
閃過將寂滅的 esprit nouveau

您追求過比現實
更現實的超現實
以年輕的生命
以詩人的執著　因為
您比誰都認識現實
您比誰都愛花短暫的馨香

讀您的詩
我測量著現實和超現實的
夢土的距離和時間和生命的距離
我讀著您貓的憂鬱
跌進空濛濛的悲哀裏……

——二〇〇一年十月八日　凌晨　府城

＊編註：發表於《創世紀》一二九期，二〇〇一年十二月。詩中esprit nouveau為法文「新精神」之意，以往版本皆誤植為esprite nouveau，感謝詩人莫渝指出，得以修正。

logos和聖經
——致詩人楊雲萍先生

是有了羅各斯（logos）才有詩人
還是有了詩人才有羅各斯？
詩人與語言的問題
老是讓您苦惱

在不同的政治環境下
徘徊於台語、北京話和日語之間
您跨過充滿荊棘的兩個世紀
也許在詩裏行間
您總是瞥見各各他山丘上（註）
被釘在十字架上的詩人基督淌著血
仍然在思索：
是羅各斯殺死了他
還是《聖經》殺死了他？

——二〇〇二年一月九日凌晨　府城

註：各各他山丘即Golgotha，在耶路撒冷，耶穌被釘在十字架之處。

*編註：發表於《創世紀》一三〇期，二〇〇二年三月。

失落的星星
——致詩人林修二

你在璀璨的陽光裏
聞到向日葵的馨香
你在午夜的曇花裏
聽到月亮和星星在細語
你在散文的世界裏
堅持尋找詩的夢影
你深信超現實比現實還現實
於是——
你從詩的星空上
墜落　墜落……
燃燒成火焰

——二〇〇二年四月二十日　府城

＊編註：發表於《創世紀》一三一期，二〇〇二年六月。

熱流
——致詩人陳奇雲

葡萄牙的航海家稱讚的：
「Ilha Formosa！」
在你的年代
是風雨如晦的亞細亞的孤兒
在爾虞我詐阿諛逢迎的離島上
你挺起腰幹站在海灘上
你咬著沙睥睨黑暗
你把筆尖戳進敵人的心臟
創傷出血的人性、正義和自由
在太平洋奔流的黑潮裏　日夜
呼喚著你靈魂熱流的王國　然而
你卻死在自己喀出的鮮血裏——

——二〇〇二年八月一日　凌晨於府城

＊編註：發表於《創世紀》一三二期，二〇〇二年九月。

綻開在鹽分地帶的
詩之花
——致詩人吳新榮

詩人喲，難以料到的「三月的洪水」
挫敗了你的勇氣？
癱瘓了你的理智？
淹沒了你的熱情？

不！詩人，你一定記得艾呂雅的
「崇高地探求失去的東西
呼喚——我底呼喚要成為那回音」（註一）和
「被擊碎的舖石　希望在閃爍
從坍塌的牆壁裏　歌聲升上來」（註二）
這阿拉貢的心聲吧

哎，詩人，你別讓憂傷和空虛吞噬你
你底詩為時代做了見證
你播種在鹽分地帶的種子

綻開了歷史的芬芳的小野花……

——二〇〇二年十一月十日凌晨　台南

【註釋】

註一：Paul Eluarl（1895-1952），收錄於《被翻開的書》。

註二：Louis Aragon（1897-1982），收錄於《巴黎的起床號》，譯自大島博光《アラゴンとエルザ——抵抗と愛の讃歌》，頁二七二。

＊編註：發表於《創世紀》一三三期，二〇〇二年十二月。

刻在肉體上的詩
——致詩人、音樂家江文也

你　把一百個石碑　和
　一百個銅鼎的詩銘
刻在自己的肉體上

你底心靈 就是眾多的豎琴
你撥動的 每一根琴弦的詩韻
發出　新奇的顫慄

那顫慄　扣動
我沉默已久的
心弦　發出顫慄的共鳴

——二〇〇二年二月四日　凌晨於府城

*編註：發表於《創世紀》一三四期，二〇〇三年三月。

寫在土地上的十四行詩
——致郭水潭

你把詩寫在農民們的鋤頭上
你把詩寫在工人們的鐵鎚上
你把詩寫在鹽工們皸裂的雙腳上
你把詩寫在蔗工們揚起的鐮刀上
你把詩寫在朔風呼嘯的竹筏的漁網上
你把詩寫在漁塭裏凍的發抖的養魚人的眼睛上
你把詩寫在溪埔裏拖犁的牛背上
你把詩寫在吃蕃薯簽的孩子們身上
你把詩寫在父親們佈滿皺紋的臉上
你把詩寫在母親們柔弱的雙肩上

你沒把詩寫在樓房的牆上
你沒把詩寫在薔薇的櫥窗上

你底詩燃亮被宿命打倒的土地

你底詩是尋找春天的腳印

——二〇〇三年四月二十三日　深夜府城

＊編註：發表於《創世紀》一三五期，二〇〇三年六月。

呼喚
——致前輩詩人巫永福

您呼喚祖靈
呼喚了四分之三世紀
您可曾看到夢中的祖靈？
您的祖靈在中元的流水宴上
依然找不到自己的座位

是您在呼喚祖靈抑或祖靈在呼喚您？
夜裏您聽到沉淪黑水溝的祖靈在啜泣——
啜泣四個世紀以來看不到家園
詩人！您日夜聲嘶力竭地呼喚
然而　要讓流浪四百多年的祖靈棲息何處？

黑水溝的浪濤洶湧如故
您像徘徊汨羅江畔的詩人
天黑風急四野無人

您泣血的呼喚找不到回音！

——二〇〇二年八月六日　夜深府城

＊編註：發表於《創世紀》一三六期，二〇〇三年九月。

敗草叢中的新芽
——致詩人張我軍

詩人　你呼籲
　向故鄉的年輕人呼籲
墮落的社會要革新
　就要有團結　毅力　犧牲三種武器

你曾為台灣的文學界慟哭
　毅然　決然要拆下
　敗草叢中的破舊殿堂
於是乎　你挺身而出
操起筆槍像吉訶德　衝向
　擊缽吟聲朗朗的殿堂
你揭開悶葫蘆裏的膏藥
讓新詩從敗草叢中
　萌發出鮮綠的新芽

——二〇〇三年九月十八日　晨於府城

附記：本詩借用張我軍對舊文壇發難時發表於《台灣民報》的文章〈致台灣青年的一封信〉、〈為台灣的文學界一哭〉、〈請合力折下這敗草叢中的破敗殿堂〉、〈絕無僅有的擊鉢吟的意義〉和〈揭破悶葫蘆〉等文章的詞句，特此附記。

不為人知的美麗的世界
——致夭折的詩人陳遜仁

詩人喲　在一瞬間
走過二十六個春秋，
你匆匆趕赴不為人知的
　美麗世界。

那裏是否有一個慈愛的上帝？
那裏真理是否就是人行道？
那裏善良的人是否永遠唱著凱歌？
那裏美是否在生活裏開花？
希望和幸福是否雙胞胎？

那不為人知的美麗世界
　在哪裏？門牌多少號？
詩人，請你讓「青鳥」回來，
帶領我們去那不為人知的國度……

——二〇〇三年十月三十一日　台南

*編註：發表於《創世紀》一三七期，二〇〇三年十二月。

心象風景
——贈詩人林芳年

在荒瘠的曠野上
參天的煙囪的陰影下
日夜操勞的農民們
黧黑憂愁的扭曲著
一群失業的人們
匍匐在烈日下的甘蔗田上
被掠奪的土地
夜夜在嘶鳴的風裏嗚咽著
黑濛濛的烏煙
在夢魘裏化為猙獰的臉
啊　詩人
這是你揮不去的心象風景
這是你憤怒的活火山

——二〇〇四年二月十一日　凌晨

＊編註：發表於《創世紀》一三八期，二〇〇四年三月。

有罪的詩人
——給詩人吳坤煌

詩人　你生不逢時
你眺望暗夜的北斗星
　是有罪的
你渴望東昇的旭日
　是有罪的

貧窮沒有擊倒你
從故鄉台灣到東瀛
從東瀛到北平、上海、南京……
流浪的歲月也沒擊倒你
然而，回到戰後的故鄉
你卻只能在牢獄的小窗口邊
　苦苦等待十年不能見面的
太陽——啊，太陽！

唉　在人類被猴子嘲笑的世界裏
朋友，我深深了解
為什麼你的夢想有罪！

——二〇〇四年九月一日於府城

＊編註：發表於《創世紀》一四〇—一四一期，二〇〇四年十月。

鹽鄉璀璨的詩星
——致詩人王登山

你是道地的鹽村子民
你呼吸鹹味的風雨長大
你聽海邊的防風林
木麻黃講海洋的故事

濱海鹹得發白的土地
是你摯愛的家鄉
滾滾的浪濤天天
演奏著「流浪者之歌」（註一）
在「流浪者之歌」的旋律裏
你聽見文藝女神召喚的聲音
於是　你揮別了妻女和鹽鄉
淪為巡迴鄉下的演員詩人
你在不像日子的日子裏

在淚往肚裏吞的戲夢人生裏
卻永遠歌唱著鹹鹹的歌
尋覓著看不見蹤影的春天

你向鹽田裏壓垮肩膀的鹽工呼籲
你向廟埕裏的善男信女們呼籲
「微不足道的人們　不名一文的人們
來　讓我們成為明天之日的人」（註二）

——二〇〇五年一月十九日凌晨　於台南

【註釋】

註一：薩拉沙泰（Pablo de Sarasate）一八四八－一九〇八，西班牙小提琴家。創作小提琴獨奏曲「流浪者之歌」、「卡門幻想曲」、「浮士德幻想曲」等。

註二：借用艾呂雅〈詩容易感染〉，出於《被翻開的詩》。

＊編註：發表於《創世紀》一四二期，二〇〇五年三月。

組詩三

癌病棟

之一

一〇B四七
我的病房號碼
搬進搬出
第四次安住的窩
有冰箱　和
不看的電視
角落擺著小書桌
一套 side table
有一套看護人的睡床
夜有護士的 room service
然而
　終究是癌病棟的病房

之二

〇四〇六八九八一一
我的病歷號碼
猶如從新兵訓練中心被解放
分發到部隊起
至一九五八年十二月
從金門砲戰歷劫歸台
「玄一三二七一七」是我的兵籍號碼
驗明正身
驗血　驗尿　輸血
都以病歷號碼為憑

之三

聽診器壓在
　胸腔上　背上
生命的潮汐不知變化如何？

四隻手指按壓胸部
醫師敲敲腹部
　在探索我生命的暗礁
然而　生命啞默沒訊息
我在五里霧中輾轉

之四

生理食鹽水插上管子　和
我手上的針孔連在一起
掛在移動鐵架上
把我釘在病床上
吃飯　散步　如廁都離不了它

一根注射針
一根導管
把一切行動封死
誰說人是萬物之靈？
肉體　精神　被掌控
滴滴　答答　滴滴……
靜夜無眠傾聽點滴的跫音
猶如傾聽生命在沙漏裏
無聲無息地溜逝

之五

做過兩次肝切片
才採夠能檢驗的份量
每當肝切片後
　心坎偏左處就壓上兩公斤的壓血袋
　不能動彈——六個小時

愛喝酒的人
病灶不在肝
口吞胃鏡
　肛門插入大腸透視鏡
　上下夾攻半個多小時
　雞蛋大腫瘤就在胃裏

唉　喝了半個世紀以上的酒
從未有過胃疾

竟患上胃腺癌
醫師判定「胃癌第四期」
並且　對我女兒說：
「你父親奇人奇病」

之六

坐在輪椅上被推著的
讓人攙著胳膊走著的
手執拐杖的
偶而
在病棟走廊上相遇
你我相覷　點個頭
　擦身而過　而
我們都差不多童山濯濯
　一種歸屬感湧上我心頭

之七

肝癌　肺癌　胃癌……
食道癌　大腸癌　口腔癌……
住進癌病棟
　才知道人身上竟有這許多癌症

低頭沉思
死亡以癌出現也不足怪
只因世上「生」太孤單

癌病棟裏人來人往
煞像做醮熙來攘往的香客
難怪活著
　就不覺得寂寞……

之八

要向誰禱告
　求庇護？
向上帝　向佛祖抑或天公？
無神論者只崇拜祖先
　只信仰人！
於是乎
　病只有求諸醫生
精神自己主宰……

之九

凝視鏡中的臉龐
形銷骨立——
凜然看透生與死
不像原先的自己
愈來愈像誰人？
像兄弟？
卻都不像……
哦 原來像病榻上晚年的父親

之十

咔利　咔利　咔利
右肩鎖骨上
外科醫生拿什麼利刃
在割　在挖　在轉
　一聲聲來自麻醉的地方

「阿伯　會痛不？」護士的聲音
「嗯啊　還好」
生平第一次動手術
埋下的就是——
巴德ＭＲＩ式置入注射座

——二〇〇五年十二月十三日　凌晨

後記：這十首詩在十一月下旬到十二月初旬寫成，是注視病中的自
　我，環視癌病棟的風景。

＊編註：發表於《鹽分地帶文學》第二期，二〇〇五年十二月。

散文選

海怨——悼亡兄

煦和的南風盪漾著和風，綠波微浪間遍翻著沙鷗輕盈的身影，海天一碧，靜穆裏蘊藏著不可思議的謎，無可估計的生命力。鵬！我何曾想到這片茫茫無涯的滄海是你的歸宿？不停頃刻地呼應的濤語是你的輓歌？當你的形影泯滅海底時，碧波可曾起了些許漪漣？你茜色的理想是同你一道失落抑或上升天堂呢？佇立海灘，我寄托心音於蕩蕩的奔流，悠悠的行雲，殷殷地我期望著你的音訊，然而，起伏的浪濤只暗示了我那希望的渺茫，漂浮的行雲正反映著人間的罪惡和黑暗，惆悵啊！漫茫的人海中我再也尋不到知音的你！

昨夜夢裏你來了。我看你清瘦的身子水淋淋，仍然你是你，我是我，可是呵！你我之間卻橫著一條不可測量的鴻溝，我呼喚你，然而為甚不像往昔那樣地熱情的撫慰我呢？你沒有絲毫表情，口角上只掛著淺淺的苦笑，是海水痲痺了你的意識？抑是你用沉默和冷笑自嘲你已翳入虛空中的理想？回憶——一個明媚的春天。薔薇開遍了每一個角落的時候，橫渡海洋你跋涉著落寞的旅途。宇宙呵，人生呵！歲月默默地從游子的腳底下消逝了！

當噩耗傳來時，我是以如何慘痛與悽愧的心情去忍受那苛酷的打擊呀！過去，現在，我何曾想過死神竟這麼匆匆地把你帶走，結束了你遙遠的希望？縈迴心腸的回憶是多麼難堪！「理想，為了追求你，我願走遍天涯。」果如斯言，你以生命換來理想的泡沫——哦！平靜的海洋，要不是事實使我不能不相信，我怎能相信你吞噬了他？寬大地你容納所有頭上的飄雲，為甚不容人間一個最渺小的理想存在？你有奔放的豪情，然而為甚偏對一個人這般狠心？波濤依舊滔滔，我卻從未聽見過失落無依的靈魂掀蹶浪濤發出惻惻的悲鳴……。

——一九五一年正月

＊編註：就讀台南師範學校時，以本名「葉寄民」，發表於《學生》三〇期，一九五一年十月二十五日。

煙

每當看見了煙，我總不能打消這種念頭：「人生像輕煙啊！」不是麼？即使平時對於「人生」甚或「生活」是很少有過細心思想的人。然而，看著藍天飄舞著，成絲地，成捲地，成圈地，青紫的，深黑的，灰白的煙的時候，這些想頭便會像煙似的繞繚於期望著生活的熱切底心啦。

我在想著，這沒有一定形態和色彩的，隨風而消散於天邊的煙，實在太酷肖人生了！曾有人說：「浮生若夢」，但，我卻相信用煙來比擬人生，似乎更真實些。懵懂的夢，固肖如人生常常令人傷嘆、可是它有時或可忖憶而令人可喜，可是，那縹緲虛空的煙呢？——它只給人以一種神奇的幻想嗎？是的，那淡淡的淡淡的青煙，牽人想起廟裏案前的香爐裊舞的香煙，勾起你的邃遠柔和的，像似在磅礴的晨霧裏尋求甚麼似的感情……。它給人似迷惘和空虛嗎？是的，那灰白的輕煙、像憂鬱的人噓出的空虛的嘆息。它給人以窒息似的壓迫之感嗎？是的，那昏黑沉甸甸的，迷濛了半個天的黑煙，像是有意遮住人的希望底光似的，而——所有這些微妙不可捉摸的感情，在生活裏，不是常常壓住我們嗎？生活的連續是生活，那麼有誰可以說；這些感情不是人生起伏無常的，對日子的感喟呢？

那是在初秋的一個黃昏：我在郊外徘徊。我凝望著西天羞紅了的半臉的晚霞，在眼睛裏映進了，點點散聚在樹林深處的茅屋，冒出來縷縷的炊煙——是動的宇宙將休息，而靜止的世界即將來臨的片刻……。我起了莫名的奇異的情愫。我讓自己在那種感情裏沉思了起來，無聲的思潮沖擊著腦海，這時候，那些日子迷漠的影子常會變成異樣地明顯的形象浮上來，在平凡而靜謐的日子，被喧囂煩雜替代了的時候，這奇妙的情感不也常籠罩住我們麼？於是我發現了平凡的秘密，「人生像輕煙呵！」我想保守這發現，我向四下環顧了一下，我看到枝頭的麻雀、這愛多嘴的裂著小嘴像在嘲笑我哩，要是別人知道了我的念頭，安知會不說我痴呆嗎？我只好又讓這秘密給那飄散著的炊煙，悄悄地帶走。

從此，我更愛把「煙」和「人生」聯想在一起。我常想：從那虛無蘊渺的輕煙似的人生，果真不能尋找出一點永恆的東西嗎？我又想：這是可能的嗎？然而，我記起了「絕望之為虛妄，正如希望相同。」這句話。那麼，很明顯的，我這種不復有所希望的希望，不是仍然值得追求的嗎？抱著絕望似的虛妄的希望，永遠走向不可知的世界就像完完全全地消溶於碧藍的天空的煙似的——讓我沉默而堅實地去生活著。這，或許就是人生罷！

＊編註：發表於《野風》二八期，一九五二年一月。

印象

「昨日大姨溘然仙逝……」父親潦草的字跡中，「仙逝」兩字像墨滴掉在白紙上似的，粘在我腦裏。但，我在揣摩它的意義的時間裏，感覺不到強烈的情感悸動。是的，在極短的時間裏，我沒有「死」這字給予人們的悲感。我祇覺得這事情很模糊，陌生而遙遠。何以會有如此的淡漠呢？我百思不解其故。我對我摯愛的死者有著深深的內疚。而在這種情形下，「死」這字的含義和一些潛在心底的印象，如走馬燈一般的旋轉不已。我跌落沉思的深淵裏……。

還是在小學的時候，有次，我在河畔看見過溺斃了的男人，他那臃腫的鬆弛的屍尸，慘白而略呈青色，尤其那腳掌像白蠟。那無光的灰白的眼睛微向上翻，那是令人陰鬱的，可是擦過髮油的濕溜溜的髮絲，卻有一種黑亮的奇異的光輝的美……。就是此刻，閉目靜思，那橫陳草地上的屍尸，猶歷歷如在眼前。可是，當時除了莫名的好奇和淡然的畏懼之外，我記不起有過任何的感覺。

另一次看見死人是外祖母的死。我和母親趕回母親的故鄉時，外祖母穿著白壽衣直躺在棺中未蓋棺。外祖母是個嬌小的女人，在棺中顯得更瘦小，臉孔是無生氣的，蒼白的雙頰瘦削，小嘴邊卻有著似笑非笑的表情，這，讓她的臉龐留駐著不可思議的莊嚴的悲感和靜謐。母親淚潸潸的跨入停棺的大廳時，雙手扶住了棺材，便飲泣不成聲了。我看著母親為啜泣而顫動著肩胛，看著外祖母灰白的陰鬱的瘦削的臉，以及圍繞棺材的親戚們看著母親慟哭，從他們濕紅紅的眼框裏又滾出眼淚時，一種無以名狀的迷惑，一股情不自禁的哀感，爬進了我的心窩，但，卻沒有流出眼淚來。這時脖子上掛著一串念珠的老和尚低低的念著什麼，將放在胸前合十的外祖母的手拉上一隻來，（我記得外祖母的手也掛著一串念珠的）在我臉頰上撫摸了幾下，而母親喃喃的說：「老祖母會保佑你的。」現在回想起來，那隻細小的冰涼的手觸著面頰上時，爬過的一陣電流似的動悸，就像踩上了蛇感覺血液都快要凍結一般。可是，一直到現在，我猶不了解圓寂的人為塵世的凡人祝福的真諦。我想：人類的理智在神秘的宗教的情感的領域裏，將會永遠是色盲的吧？

當我在初中的時候，祖父患胃潰症逝世了。我很清晰的記得祖父臨終的夜晚。那晚不知是電燈壞了，屋裏點著蠟燭。二哥上街找醫生去了。母親在屋子裏悄悄的走來走去，不時用衣袖揩著臉頰上簌簌的淚珠。屋內，除了祖父的微弱低沉的呼吸之外，寂然無聲。豎立在桌上的燭火照不透一室的幽暗。每個人都屏息注視著祖父的臉龐。搖曳的燭火投射在地面和牆壁上的影子都沒有固定的型態。我在祖父枕邊，凝望著祖父的高而廣的額頭，稍稍突出來的顴骨，隨著燭火的搖曳變移著暗影的深陷的眼框，微微地歙動著的嘴唇。忽然，他輕握了一下，收縮著手，嘴角輕微的抽搐咽下一口氣，又微張了一口，氣絕了。生命的掙扎化為和平的悲哀擁抱了他。昏黃的燭火，幽暗的屋角，黯然的臉孔，嗚咽的聲音……這屋子裏磅礴著的氣氛和一切景象烙印在我腦裏包圍了我。但，我卻又清楚的聽見從屋後草叢裏傳來不絕如縷的唧唧的草蟲的聲音。如今，我已到達了能認識「生死」對立的年齡了。那些景象在偶然的思索裏，會不期然的升在眼前。於是，如同我們常會思想如何地「生」一般，「死」這問題也有相等的興趣。

波特萊爾常以那天才的敏銳而犀利的感覺捕捉著死的聲音，他說：阿片混和著沙糖的煙草的氣息，如同那死的恍惚，死的慵倦的懈怠。波特萊爾是認為由於認識「罪惡」才能發見神的頹廢詩人，可惜的是我是個平凡的人，（但，說來，我是暗自慶幸自己的平凡的），我感受不到那如夢的死的溫馨的氣息。托爾斯泰則在他的關於生和死（即人生論）說：死無異於睡眠。但，觀其一生，托爾斯泰一直到死於無人的荒寒的小屋裏，他對「死」的印象實在並不像自己在人生論中所談的那麼單純，那麼安祥。曾有詩人說過：「痛苦以死的形象出現」這樣的話，我想這個詩人一定在現實的苦痛之中感受了死的威脅和「生」的本能的纏綿，但，我仍然不能了解，他說的痛苦的真實性（因為，我不知道他說的痛苦是按照「肉體」的，抑或是「精神」的？）我實在不能像一加一等於二似的，理解死是什麼？——「黑暗，啊！多麼的黑暗！」這是文豪莫泊桑最後的語言，從句話我想到——儘管莫泊桑描寫畫家奧利威．貝庭將死時的心意，感覺和生命走向死亡刻刻不容緩的變化是那麼的栩栩如生，但，莫泊桑體驗到而且能說出來的死的形象，也不過是無邊的黑暗的空虛的吞噬而已。人類希求明白的「死」的面貌，與其說是單純的理性的，毋寧說是神秘的情感的，因為，在理性的認識上，「死」不過是任何生物的生命現象的停止和有機活動的解體及滅亡而已，但，超理性的解釋是一種謎！人類對於「死」的概念欲求其答案的，除了絕少的人之外，差不多是服從受情感的波動主觀的判斷的，難怪莎士比亞會讓王子漢姆雷特叫出：「To be or not to be, that is the question.」這沉鬱的永恆的嘆息了。

我不了解死，正如我不了解人為何為了一縷虛妄的希望，忍受生命無情的刀斧的砍擊一樣。但，我似乎發見了人對於死會有悲哀和畏懼（我說「似乎」是因為我所發見的東西是主觀的，我不能正確的論證來使人相信它。）我常想：人遇到死會感受悲哀，固是惻隱之心和潛在於生底本能中的恐懼使然，但，更大的原因：會不會是死者的永恆的沉默的無感覺給與活人的印象引起的感覺所由來的呢？「死者不復生」——死者對活人所思想的，所感知的，再不會有所共鳴，有所感應。這種絕對的沉默不會刺痛活人一向熟悉的情感，從而，使它感受陌生的空虛，理智和一切感覺的不平衡嗎？這種想法或許是免不了矛盾之譏的吧？但，這是我從自己的感覺找出來的——我回溯祖父溘然長眠的夜晚，我確有說不出的空虛和寂寞，可是，我真實地感受了死的難耐的悽惻和悲哀的，卻是聽見唧唧的草蟲的哭泣聲惹起的思想，因為，我在那頃刻確實地明白了躺在那裏的祖父再也不能感受我所感覺的一切了！他能聽見草蟲的聲音嗎？他會像從前一樣的知道我在他枕畔嗎？不，永遠不！祖父再不會認識我了，由於他的死，我自己意識著的我在他的心目中的存在是被否定了！那存在於我和祖父之間一切情感的連繫；隨著他的死亡斷去了——這種明確的意識強烈的攫住了我，使我壓抑不住心底湧上來的悲哀。我分析著這份感情的歷程，似乎在自己的心中看見了自己不願看見的自我心中寂寞的暗影……。

＊編註：發表於《野風》八三期，一九五五年八月一日。

媽祖廟

說起媽祖廟，在台灣，誰不知道北港的媽祖廟呢？每逢媽祖的生辰或者祭日，天南地北的香客接踵摩肩的麕集在這裏：進香、抽籤、捐獻、許願……。當然嘍：每逢這樣的日子，北港熱鬧了起來，廟宇裏亂哄哄的，水洩不通。而且，整天價燒香指的濛濛的煙霧，會使人看不清人的臉孔，使人感到窒息。但，從那絡繹不絕的善男信女的一張張誠悃的臉，卻會使人這樣想：在這煙霧裏，他們彷彿享受著那種自己的信心得到了旁證，而且接近了神的喜悅的感覺。

我進入媽祖廟二次。為了一睹大名鼎鼎的廟宇的廬山真面目和那熙來攘往的香客，真的，我從來對神並沒感到過有一點信心，但，那廟宇的彫樑畫棟，古色古香的雕刻，漆金粉的佛像，男女老幼頂禮膜拜的場面，對我卻有一種浪漫諦克的神奇的引誘力（我想：這種說法不會是一種褻瀆吧？）。

五月的某日。蔚藍的大晴天。我和老林作了一次嚮導，帶領朋友的雙親和家人參拜媽祖（因我居住的地方距北港甚近，於是，自告奮勇擔任了嚮導。）抵達廟前，許多香舖的伙計，擺香紙攤的小商人，像蒼蠅飛向蜜一樣的擁上來拉生意了。嘮嘮叨叨，似膠似漆的粘住客人不放的勁兒，真使人不勝其煩，同時，也使人想到：在這世界裏靠神吃飯的人實在太多，也太不容易了。抵不過生意人的口舌、我朋友的母親買了一束香、一疊紙，我們才跨入了廟裏。一進廟內，我便拋下嚮導之職，讓他們留在正殿，我和老林便到右手廟廡休息了。這大熱天在正殿裏衝著煙不是活受罪嗎？

我和老林和朋友的父親坐在石凳上，看那爬在木架上油漆著畫樑的工人，閒聊著天。我們扯淡著廟殿的建築，奇花異鳥的彩畫雕刻、香爐、給香火燻得烏亮的散發著歷史的芳香的神像等的藝術價值。我和老林對造型藝術都是半斤八兩的門外漢，居然也談起這種藝術來，現在想起來，真狂妄的令人噴飯呢。但，也正因為門外漢，我們肆無忌憚的抨擊它的缺點，大發其宏言偉論而自以為是了。這時，我看見廟廡的北面有燒紙用的焚化爐，那裏聚著一堆人。紫灰色的煙隨著呼嚮的火勢，忽高忽低，那火焰照在燒紙人的臉上，令我想起——那火光一定有一種理性不可解釋的神力，它會照亮善男信女們的心底的希望的吧？當我呆頭呆腦的想著的時候。對面走過來的衣履漂亮的年輕夫婦，被幾個乞丐婆圍住著。那些乞丐婆振振有詞的說著大堆功德話伸手討乞，那對年輕夫婦掏腰包施捨後走了那群乞丐便朝這邊走過來了。他們實在太不像叫化子了。但，當她們走到跟前，立刻繃緊起一副不勝其悲哀孤苦的嘴臉。啊！如果貓眼會變成藍寶石，也不能使我忘記那些眼睛，那銘刻著人類的靈魂卑屈和阿諛的可悲的標誌的眼睛，它如此貪婪地盯視著人，像一隻狗注視著主人手上的一塊肉。

我懷著厭惡的心情和顏色把零錢放在面前的乞丐婆的手掌上（我不需要隱瞞，當時我之所作施捨是為了叫他們離開。）這時，另一個乞丐面露慍色擠過來：「頭家呀（頭家在台灣話是老板的意思）我先向你討的，你卻給她。」聲音含著不平的針芒。可是，這尾音還沒有散失，另一個又把手伸得更長，而且，近乎誇張地抖顫著說：「我最老，你卻不幫助我。」——我不能形容她們的表情以及我當時的所有的感觸，我只能說：如果你看見那臉孔、那眼睛，你一定會想到人類的靈魂是連創造它的上帝也不能了解的，同時，你也會想起：的確被趕出伊甸之園的亞當和夏娃的子孫是受咒詛的可憐的動物。

——「喂！他們為什麼在廟內討乞呢？」我問。

——「當然是看在廟裏人們容易受慈悲心的驅使而施捨啦。」老林苦笑著。這時，一個迅疾地掠過的意識，使我感到一種諧謔的惡意的快樂——「啊！媽祖也拯救不了她們，這些可憐蟲！」

＊編註：發表於《野風》八三期，一九五五年八月一日。

都市的鱗爪

一、都市之最

漠漠的霧網著周遭，疲憊的城市還在夢寐中。櫛比的屋簷，長長的街道，狹的陋巷……殘留著夜來的空虛。

街燈——這城市的眼睛——憂鬱而無神的，像失意的人的眼光注觀著冷清的自己的肢體。街道是寬闊的，但此刻，空洞洞的不見熙來攘往的人潮，不見馳掣如電的汽車，三輪車和腳踏車，不見羅列如棋的叫賣的小攤販。白天和夜晚熱鬧的氣象全都蒸散了。

我行走在霧漠漠的城市之晨。酣眠中的城市袒露著它的心臟和四肢，在鮮新的晨霧裏夢著隔夜的神秘而荒唐的夢。你城市的子民們，你曾在絕早的凌晨靜靜的凝視過：你居住著而不曾了解過的城市嗎？如果，現在你看見它的睡態，你將會感受奇異的陌生。而我踽踽獨行於霧中的晨之街道。彳亍於巷口——我迷惘地想起「夢的殘骸」……。

二、碼頭

運河的水是渾濁的，浮著一層油污的渣滓。混溷的流水「啵」「啵」地波動著，拍擊著水門汀的堤，拍擊著拋錨的船，激起瞬間即逝的泡沫……。

運河的水是渾濁的，但，那流水反射出重油的彩色，閃耀著昏眩的渴望。

我站在碼頭的路口，眺望著碼頭。

碼頭的清晨充沛著活力。這活力從陽光下波動的水聲，從卸著魚箱的碼頭工人的呼喝，從船上的機輪，絞盤轉動著的騷音，尖銳而細長的笛聲，飄在含鹼而潮濕的海風裏傳導來的，它是一股鮮活的氣息，透過你的肺葉，燃燒辛勤的粗放的人們。

古老的木船、生鏽的鐵船、舢板，錯雜地並排著、動盪著，桅杆像搖晃的電桿。不管是新奇的，或者，古老的，它們擁有屬於自己的夢，那繽紛的夢是碼頭的色彩，使碼頭永遠年輕力強。

我愛碼頭，我愛那碼頭雜沓的渾然的活力，我愛呼吸那鮮腥的空氣。我愛那內動著油光的小船，更愛那船上醬色肌膚的粗獷的人們。這裏的色彩是灰褐色的，但，滲透著希望的金光！在這裏，一切聲，水，味，都給我新奇的熱力，使我感悟生命和命運搏鬥的意義。

碼頭，這城市的尖端，城市的咽喉，它是一股不息的動力，在這裏，悲哀和快樂，失敗和成功，都像一個個波浪的波點，是生命的點和點的連續！

我在這裏凝望，沉思傾訴……。

我恍然感悟了惠特曼歌唱的聲音。

三、賣唱的人

街頭簇擁著看熱鬧的人們。人們喧囂，銅鑼和鐃鈸的聲響，混合著尖細悠長的胡琴的顫音，流蕩著……。

看熱鬧的人們的頭顱圍成了一堵半圓形的牆。而在那圈子裏站立著三個小孩。看起來最大的女孩約莫八歲，而兩個男孩比那女孩更小。一個瞎眼睛的男人，就在那三個小孩的中央盤腿坐著。我猜想：「那男人是孩子們的父親」。他握著一把古老的胡琴拉著俚曲，他不斷地轉動著頭，像要睜開深陷在眼框裏的眼珠子看看觀眾一般地，頻頻擂動著粘在一起的眼瞼。那灰棕色的皺紋的瘦臉。刻畫著「歲月」的無情的刻痕。他使勁地 拉著胡琴。那急促地拉著弓的手和那按著琴弦的手指，是多麼清瘦呀！他用鼻音伴著胡琴的音調，突出著顎頭哼著。那女孩敲打著鑼，脖子暴著青筋，尖著嗓門唱著，聲音時斷時續地震顫著，如同一種哀泣……。她左右環視著，時而，用肘推著擠到她身邊來的湊熱鬧的好奇的小孩們，她那臉上的表情，她那像搜索著，又像乞求著什麼似的眼光的內著早熟的世故和一種空漠，一種疲倦。我的左右站著她的二個小兄弟。一個拿著鐃鈸擊打著，另一個更小的拿著木梆，偶而忽然想起來似地，敲打著木梆，用怪異不成調的聲音合著那女孩唱的聲音之外，毫無表情——這是一家人，在街頭巷尾，賣唱求布乞施的一家人。從他們身上微細的動作我想起人類的個性如何地會在生活的桎梏裏塑造其類型。那女孩的一對眼光似乎有一種從觀眾們的目光和表情猜出其心意的本領，而且，她 對於銅板的聲音，似乎有更靈敏的感覺，如果誇張一點，那種本領直可說是一種本能了。

從我背後有一個人擲下了一個銅板，那女孩的眼光，剎時亮了起來，一壁注視著觀眾，彷彿在說：「還有沒有人要布施嗎？」一壁迅速地蹲下身撿起銅板放在地面上的紅布上。

「哎喲，老身您且聽著呵！

想當年，出門坐轎」

那女孩的不自然的喊吶一般的聲音，更響更大起來了。「哎，這小孩真聰明，唱得真好！」站在旁邊的中年人，像徵求我同感似的說了。「嗯！」我點了點頭苦笑了！眼前的鬧劇，使我感到一種喜劇的悅樂，同時，我對自己和簇擁在這裏的觀眾，從心底感到一種輕蔑和憎厭——。

「命運的傀儡。唉！命運的傀儡。」我如是默想著，離開了熱鬧的街頭。

＊編註：發表於《新新文藝》二卷六期，一九五五年九月二十五日。

靈

窗外：飄落著細雨。讓我撥開雨絲的簾幕，為你講隻「靈」的故事吧。

我說「靈」，你便凝望窗外蒼茫的殘暉，沉思著了嗎？你有一種迷惘和淡淡的憂鬱？真的，黃昏：在這淒迷的雨飄落滿院，飄落惆悵的心上的黃昏，人是常被幽遠的思緒和莫然的空虛所困擾的，同時，這時候，人好像很容易墜入理智的空靈的夢寐中，相信往常不能相信的怪誕的東西似的。

說是在「芒種」過後，天下著雨。你知道莊稼人不是常說「芒種」過後落雨會一連把個月嗎？而這時的雨，不是傾盆大雨，是淒淒切切，像悲傷不能自己的老媪的淚水似的，整天價沒有止息。這時正是收成落花生和甘藷的時期，但，綿綿的雨確使他們躑躅在家中打著長長的呵欠。不過，郊野，牧童們牽著從車軛下解放了的牛，三五成群地在河堤上，山坡上，牧著牛。你說我太迂嗎？描繪一幅雨天郊野牧牛圖，仍然叫你猜不著謎。是啊，本來，任何人對於既沒有形態，也沒有聲色的東西，都會有一份茫然若失之感的吧。那麼，還是讓我繼續下去吧。黃昏，落雨的黃昏。在一個山城的東端蔓草萋萋刺藤繁密的山坡下，有一個牧童放著牛。牛在山坡下踱蝸牛式的慢步，啃嚙著青青的草。沙，沙，沙……啃草的聲音微響在寂靜的周邊，那低頭尋青的牛，好像一個沉思的哲學家。

你說怎麼不見牧童嗎。哎！牧童，牧童在環繞著龍藤和姜仔草的小祠堂裏。那是座久經風雨剝蝕的破祠堂，空蕩蕩的不見一物。但，天晴天：那破祠堂是村中孩子們的天堂。堆土塔，燒土窯，鬥蟋蟀……都在這地方。然而，在這風雨的落寞的黃昏，只有那晚歸的牧童蹲在那裏。天將暮了，還不拉著牛回家？獨個兒在那兒幹什麼呢？原來牧童在扯著，撕著，用刺藤的葉子製著草笛，那股一心不亂的勁兒，使他忘記一切了。他小心翼翼地把刺藤葉捲成喇叭狀，銜在嘴裏吹著……。而那隻牛不知是啥時候，已經從草坪踱進山坡下的花生園去了。那牛在花生園裏表現的好胃口，真值得讚嘆。這不是糟糕的事嗎？那牧童早該發覺的，但，他在玩具裏連自己都忘記了！

你說該怎麼辦嗎？正是像你這樣焦急的時候，打從村子裏，來了個穿蓑衣荷鋤的莊稼人，他從老遠看見牛在花生園中，便放緊小跑步，大聲叱罵著來了——「那個死孩子，X恁娘，糟塌別人東西不算帳！」一怒不可遏的衝過來，舉起鋤頭便往牛背上亂打。牛給突如其來的棒打驚嚇了，楞了一下，馬上轉轉頭逃跑奔了。這時，牧童從騷擾的聲音裏覺察了。他跑出竘堂，窮追亂奔的牛。那眼睛睜得大大的，急劇地抽搐著大鼻孔的牛逃竄入山坡上的墓地了。正當牧童上氣不接下氣的在墓旁，牽住牛的時候，怒火中燒的莊稼漢跳過來了。他一把攫住牧童的肩膀，氣咻咻的，暴跳如雷的叱著：「操你娘，你爹揍死你！揍死你！」拍，拍，拍，響巴掌飛落在牧童的臉上——「我毋知啦，這回諒情我呵！我沒看去啦！」，印著五指的發紫的臉，哀求無告的顫聲，人看了會心酸的，但，這些沒有使莊稼漢心軟，好像那求恕的悲切的聲音，扭搐著的痛苦的臉無抵抗的戰慄的小身體，更燃燒起他潛藏在每一絲血管的人類的獸性和暴虐的本能，一種洩恨的無理性的快感似的，他下手更緊更辣！「我知道，我知道汝不用講，看你怎樣算！」拍，拍，飛快的巴掌，然後，猛地，使勁一甩，牧童皮球一般打滾在地上了。「真太殘酷了！」我知道你會用嘆息這樣說的，暴力！無理性的暴力對於一個沒有抵抗能力的人，恐怕人仍然會從肆虐之中，感受一種奇異的本能的快感的吧？你相信嗎？當理智喪失時，人是世界上最不可拯救的動物呵！瘋狂的人——你看，那莊稼漢竟又舉起鋤柄朝著地上的牧童胸上，猛地一戮！「唉呦！」一聲淒厲的慘叫，牧童不復動彈了。

現在，那莊稼漢知道自己闖的大禍驚慌失措了。他搖撼著牧童，把他抱起來，把手接在小胸脯上，但，逐漸變成土色的嘴唇，發冷的心，無光的眼睛，刺破了他的心，一股凜然的寒顫，電流一般馳過他的脊骨，悔恨和懼怖像一隻鐵手緊抓住他心臟，他毛骨一悚然了！但，一會，他用詭譎，狐疑的眼光掃射了周遭，一種罪惡的意念閃電一樣閃過他的頭。他把斷氣的牧童抱上墳塋，用衣服揩淨他臉上的污泥，然後，讓牧童的身子坐在墳頭上成一個「半坐式」，雙手扶著墓碑，像許多牧童們在墓地玩要時，時常坐在墳姿勢一般。

對於這個莊稼漢所做的事情，你大為驚訝了？但，得請你想像：我所描敘的這些動作，是一個失足無措的人在閃過腦海的某種意念的命令之下，僅在幾十秒鐘內完成的。像在這一種自私的本能下，用更大的罪惡去企圖湮滅已發生的小罪惡的事情，我們不是時常耳有所聞，耳有所染的嗎？這是人間的弱點和悲哀！道德的自制力，只不過是存在於一個清醒的人的靈魂之上罷了。當理智昏迷時，人是人類一切弱點，本能和獸性的奴隸！

你似乎不太願意聽我刻薄人類的話吧？你似乎急於要知道故事的尾聲？這故事剛才到了主題呢。

說來奇怪，當莊稼漢將死屍安置在墳上，滿以為一走了事而想走的時候，頓然感到一陣難耐的昏眩和自失。他走來走去，總是在老地方，一種奇異的力使他離不開荒塚的周圍，他在陰森森的地方盤桓著，盤桓著……如同夢遊病者一般。

夜色沉澱著……濃了。雨更像夢雨一般的熱切。

一群人的喧囂和點點的火把從村子走到了墓地。是疑惑於牧童的遲歸，他的家人和鄰居找來了。他們在荒塚發現了已經失去生命之熱的牧童，而更使他們詫異的是在那裏繞來繞去的神志昏迷的莊稼人，於是，在悲憤、驚懼、迷惘之中，大家了解一切了！

你說後來又怎麼樣了嗎？後來，荒涼的墓場添上了一坏新土，那著了魔一樣的莊稼人一回家，即一病不起，跟蹤著牧童去了。

「哎！黃昏的餘暉快燒燼了。雨可沒有停呢？你有點茫然嗎？我想我是無法像你解釋人們所云的「靈」的真實性的，在生活上，有時，我們不是連自己都不了解？何況是五花八門的世界呢？每個人都有他不自覺的影子跟蹤著他，那也許是更原始的人類的自我，也許是分不清是意識是幻影的東西吧？但，誰能說得清呢？在生命之中。除了真實的形象和思想之外，人不是常被不可見的形象或者邏輯不能解析的意念所感動、困擾嗎？即使在這理智君臨於世界的日子裏，理智仍然不能透視一切的，在某種場合裏，我們不了解自己不是如同不能解析一個方程式一般嗎？有誰曾說過他了解自己，像「一加一等於二」一樣的卻然呢？

唉，這淒淒的雨，這暗澹的黃昏，但願這故事，不會使妳憂鬱……。

＊編註：發表於《野風》八七期，一九五五年十二月一日。

洞簫

在一個夏天的夜晚，我在鴻飛家的院子裏，喝茶閒聊天。我們闊別多年，一旦相聚，當然「上窮碧落下黃泉」的，無所不談。我們忘記時間。直到風寒露冷的時候。這時，從藍黑色的夜裏，涼幽幽的海風裏，飄來洞簫聲：如泣如訴，如怨如慕，嗚嗚然飄散在天籟中。我倆不約而同地沉默不語了。我的心隨著洞簫的迴音，飄、飄、飄、飄進了一個朦朧的夢裏。

「誰在吹洞簫？」我側過臉問鴻飛。

「我的三叔公。」鴻飛把茶杯從嘴邊移開，望著我，彷彿在我的臉上發現了什麼似的。

「我們去聽聽好不好？」

「去那邊？不！聽洞簫要遠一點才好。」鴻飛活像深知其妙似的，反對著。

「當然，我知道欣賞音樂需要距離，正如我們欣賞美，但，我想看看那個人。」

「好吧，你永遠是個好奇的人，我不好拗你。」鴻飛站起來，把桌子上的茶杯放進盤子裏。

我們拐過兩間大房屋，在古井的老榕樹邊停下來。月光下。蓊鬱的老榕樹顯得蒼老，遒勁而陰森。地上，篩過茂密的葉子映著斑駁的月光如同凋零的梅花。石板凳上坐著一個老人，他的一隻腳搭在另一隻腿上，無意識地跟著節拍擺動著。他把胸和背挺得很直，如果不是他有一頭灰白的髮絲，那背影是令人難以相信他是個老人的。在流水一般的音波裏，他忘記了自己。

「三叔公！」鴻飛輕聲地喊著。——老人如夢初醒似的轉過身來。

「哦！阿鴻，你還沒睡？」老人溫慈的低沉的聲音裏含著微微的驚訝。

「我們來聽你吹洞簫。」鴻飛說著，把我推向前，「三叔公，他是我的同學。」我向老人點了點頭。

「嗯！從城市來我們鄉下，來、來，這邊兒坐吧。」老人指著面前石板凳。

「三叔公，他要聽你吹洞簫。」

「噢，你喜歡聽洞簫，年輕人喜歡洞簫的很少。」他注視著我扭怩的樣子，兩隻手轉動著洞簫。

我的眼光被那黑褐色的，小孔的邊緣被磨得凹下去的洞簫吸住了。很顯然的，「時間」和「主人的指頭」在洞簫上烙印著痕跡。

「這隻洞簫已經好多年了吧？」我一邊問老人，一邊回顧鴻飛，鴻飛正抿嘴笑著。

「有百多年了。」

「那麼，這是家寶啦？」

「也可以說家寶，但，這是別人的遺物。」老人彷彿從自己的聲音裏又發現什麼似的，「這隻洞簫有一個故事呢。」說過又意味深長地望著我們。

從那老人沉思的神態，發亮的黑褐色的洞簫，一種不由自主的好奇激動了我。

「請您將那個故事講給我們聽好嗎？」我懇求著。

「如果你們想聽，我可以講，這隻故事太老了，在孩子的時候，我的老祖父常講給我聽的。」老人說著，便慢條斯里地開始了他的故事……

好多年前，當我的祖父還在地上爬的時候。在某年夏季，發生了一次瘟疫，可怕的瘟疫蔓延得非常快。當時，醫學不發達，既不知病名，更不知如何預防，鄉民們只有在命運的黑手下，像屠殺場的羔羊一般地顫慄著，許多男女老幼，甚至，也有全家人罹病死去的。你可以想像被死亡所詛咒的村人是多悲慘。「命運」兩字在生命暗淡的時辰，的確給了人們一種絕望安慰；因為，我們人類在神秘的力量的壓迫下，常會本能地變成「宿命論」者。也許是命運對這個貧瘠的漁鄉，還有一份慈悲吧。不久，那使人心驚膽寒的瘟疫消失了。但，它留下怵目驚心的印記——荒丘上平添了纍纍的新墳。

秋來了，秋祭的時辰，虎口餘生的鄉民為了感激神和祖宗們對他們的慈愛和保庇，殺豬宰羊，祭神啦，設壇超渡啦，凡能阿諛神的，取悅亡魂的各種事情都舉行了。你知道的，每逢鄉村裏有廟會時，總是少不了南管的。在這一帶南管是唯一的音樂。是天之驕子，提起南管，誰不知道鳳仔呢？他是村中南管的領班，這濱海的漁鄉無不請他去設館教授的，他擅長洞簫，大家稱他為聖手——自從大前年秋天外縣請他去設館，一直沒有回來過，現在正值村子裏祖宗們的秋祭，人們又提起他了，大家都有這種揣想：假如鳳仔回來，他將怎麼樣呢？當他發現自己的母親，妻子，一對子女都被瘟疫攫去而變成荒墳裏的居民的時候，他將怎樣承受這種打擊呢？呵！不幸的人。我的祖父也這樣為他懷憂而悲戚的。因為我的祖父會吹一口好洞簫，與鳳仔是莫逆之友。

在一個晚秋的黃昏。村子東邊的大路出現了一個旅行裝束的人。他平勻地邁著步。從笠帽下露出的半臉和迅疾地掃視著周遭的眼光。我們可以這樣推測的：這個旅客一定懷著一顆渴望的心。他的眼光閃著一種迷惑、一種失望。的確的，如果過去你曾熟悉這個村莊，現在看到它，你將驚嘆它的景象全非。海風席捲著落葉，揚起濛濛的塵埃，村子東邊生銹了的木麻黃林有烏鴉啼叫的聲音，落寞，蕭索，黃昏的村莊沉落在凄涼的晚秋的凄涼裏。像熄滅了火似的荒寂，路上少有人影。

讓我們跟蹤這個風塵僕僕的旅客吧。他一直走著，走到村子尾端的石橋，拱門式的古石橋下，躺著乾癟的老婦一般乾涸的河，幾條瘦細的流水，無聲地流著，像月光下掛在人臉上的幾條淚痕。……他站在石橋上，把笠帽往後拉了一下，露出了全部臉孔。他的嘴角泛著微笑，彷彿尋找到渴望已久的夢似的，一種喜慰和輕鬆的慵倦包圍著他。他輕舒一口氣，步下石橋。哦，我們太疏忽了：為什麼我們沒看見，那旅客的腰邊的小包袱裏有一管褐色的洞簫呢？而當你發現僕僕風塵的遠行客，身影不離的帶著洞簫，你將會有這種念頭吧；這個人一定是善於吹洞簫的，或者，剛學習洞簫而發瘋地熱愛著它的人。

他走過石橋，向左拐個彎，在門兩旁植著高大的木麻黃的房屋前面停下來。他親切地注視著老屋，一種沉默的溫情的光輝閃在他臉上——也許是他的慈母出現在他的腦海，用熟悉的慰貼的聲音呼喚著他？也許是他的妻子—那無論什麼時候都用嫵媚的微笑和默默的柔情，豐滿了他的生命的可愛的女人，在他心裏喚起愛的喜悅的微顫？也許是愛兒們向他蹣跚地走過來，向他伸著小胳膊要他抱他們，用口齒不清的聲音喊著爸爸—這些想像在他的心裏，多生動地，多疾速地，機動著呦！

他上前推門了。但，疑惑湧上了心頭——還是黃昏，為什麼關著門呢？為什麼如此寂靜呢？為什麼周遭如此落寞而污穢呢？憂懼，迷惑，空虛，籠罩著他的眼睛，霎時，不幸的預感，攫住了他。

「翠琴仔！」他的聲音帶著潮溼的顫動。

門開了！他跨入門檻。房內寂然無聲，幽暗，潮濕，凝滯不動的空氣裏一股霉氣刺進他的鼻子，森然的陰氣使他悚然發楞了。門、窗、屋簷、屋角、棹椅、蓋著灰塵、蜘蛛網顫動著，閃著幽光……。他像夢遊著病者環視著四周。茫然若失。……他的眼光落在廳堂的大桌上，在小神龕像前有一個新的朱漆的神位，他懼怕著似的把身子移近神位，哦——嶄新的神位和瘟疫在他的意識裏忽地閃過，不！雖然他在異鄉曾經耳聞家鄉有過一次瘟疫，但，他不能相信自己夙夜思念的親人，罹病死去，不，這是可怕的，可怕的，他的臉孔蒼白，額角滲透著冷汗，嘴角抽搐著，一種無告的絕望的悲哀的暈眩重重地錘倒了他，暈眩，暈眩，暈眩，他覺得渾身的氣力從腳底被潮濕的土地吸盡了。供桌，房屋，旋轉著，一個神位幻化成無數神位，繞著他旋轉著，一切都不停息地急速地旋轉著，一種超越過他的感覺所能支持的力量把他捲入深幽無底的暗谷，亂射的光圈，一片黑暗，永恆的剎那的黑暗，天旋地轉——他失去知覺，癱瘓在地上……

當他從昏厥中醒來，黃昏的殘暉，從緊閉的窗扉流過來，光線映在爐灶上。爐灶上，一隻蟋蟀經不起孤獨似的，幽幽地，淒涼地悲切地哭泣著，這聲音，仿佛來自深邃的幽谷，多麼吻合他的情緒呵！他跌坐在古老的椅子上，凝視著鳴叫的蟋蟀，聆聽著那哀戚的聲音，那聲音多幽怨，多深沉而哀鬱。

黃昏，憂鬱的，靜靜的……

房屋，憂鬱的，靜靜的……

他的心，靜靜的，靜如一塊頑石……

他沒有眼淚，因為過多的不幸和哀傷吸乾了他的眼淚，他像一尊無感覺蒼白雕像。

許久，許久，他木然的呆坐著，祇有一種意識盤旋在心裏，他們死了，死了，死了！

許久，許久，他才了解死亡的意義：他們永遠不會微笑了，永遠不會說話了，永遠離開了！他再不能看見母親溫暖的眼光，他再也不能聽見愛妻在愛情的夜裏擁抱著他，在他的耳畔囁嚅的幸福的語言了。他再不能摸撫那裂著小嘴，傻笑的兒女，親親他們白嫩的雙頰了！他第一次發現他們的死亡對於他的生命的創傷，他的心碎裂了！鮮紅的，鮮紅的血流注在他的心上！「死亡」，黑暗的死亡——沒有聲音。一個鮮活活的人，被剝奪微笑，說話，一切感情的權利，這是殘酷的，悽慘的，不堪想像的，但，這是鐵的事實，他的親愛的家人死了！熱淚，一顆顆的，沉默的，涔涔的，濡濕了他的冷的面頰。

黃昏的翅膀落盡了，憂鬱的黑夜的寡婦來了。夜多黝黑，多溫柔，罪惡地不幸地溫柔！……

當初巨大的痛苦使他不能感覺痛苦，但，哀傷的溫柔的淚水潤溼了麻木的心智，現在，他起始覺到酸痛的悲哀怎樣地吞噬著他，他的心酸辣辣的，他的四肢無力而冰涼，他希望自己的心停止活動，永遠地停止活動，好讓殘酷的事實不再肆虐，然而，他可憐的心不住地呼喚著那些和他生命不可分的名字……

吱吱吱，蟋蟀鼓動翅膀無力地鳴叫著。從爐灶上爬出來，爬到桌腳邊去了。他聽見那聲音，他俯身拾起掉落在地上的包袱，抽出那隻黑褐色的洞簫。咬了咬嘴唇。吹起了洞簫。聽！那聲音像嗚咽的風。嗚咽的流水，嗚咽的亡魂，低低的，低低的，幽幽的，幽幽的，在黑闇的夜裏，在黑夜的天空裏，在縈繞著的海灘木麻黃林子裏，在呼嘯的海風中戰慄著的草叢裏，在追逐著命運的小屋裏，迴腸蕩氣地飄著，月亮蒼白了，星光黯然了，而一顆心死去了——無可言喻的悲哀征服了世界，一切都在那聲音裏沉下去了！

蒼白的月光從窗子的縫隙裏含情地探望著吹洞簫的人，他把身子微向後仰著，臉上有一種悲哀淨化了的聖潔的光輝，對於他，世界不復存在，他不屬於聲音，但，那飄流迴漩的肺腑，他的幽怨的，哀鬱的，淒楚的，絕望的心！

他吹奏著，一遍又一遍的吹著古老的歌，低沉的，悲鬱的，傷感的聲音驚動了四鄰，他們驚訝著那一間鬼屋流出洞簫聲。於是鄰居們揣想：也許是鳳仔回來啦？但，他為什麼不打聽一下家人的消息，卻儘無休止地吹著洞簫呢？三兩個好奇的人們擠攏在半開著的門前切切私議著。他們頭探進幽暗的門內，發現坐在椅子吹奏洞簫的人，正是鳳仔。

你且看他怎樣地吹送著一種聲音呦！他那手指多靈活！彷彿每個指尖都有特殊的生命指揮著

一般，在六個小孔上，顫動著，跳著，壓著，顫動著，那聲音，悲怨而美麗，哀傷而陶醉……可是，這些聲音對於鄰居們又有什麼呢？他們希望的是他會向他們詢問家人的變故，而他們告訴他的不幸的消息，會使他以淚洗面，哀傷不能自己，但，他呢？他卻坐在那裏吹著洞簫，他們想：他悲哀著嗎？也許那嶄新的神位早已使他了解自身的不幸了吧？然而，他為什麼還像平常一般鎮靜地吹著洞簫呢？這不是太怪了嗎？他們議論著。

「鳳仔！」他們中的一個年長的人喊著他：「你什麼時候回來的？」

沒有回聲……

「你什麼時候回來的？」另一個人說。

沒有回聲……

「你方才回來的嗎？」另一個人提高聲音：「鳳仔！」

但依然沒有回聲……

鄰居們看他不作聲，也不理他們，感著一種茫然和反感走了，他們想：難道這個人死了一家人都不覺得悲哀嗎？還在吹洞簫，哦！這個人遠離家人，就變成一個鐵石心腸的人了。他們有一種失望和憤懣，因為他們看不見他的眼淚，對他的同情落了空。

就這樣地，他通宵達旦地吹了一夜，聲音，漸漸的微弱了，低沉了，像一個垂死的人的哀吟，但，他還吹著，吹著……

這個可憐的人，就這樣地獨自在那陰慘的房屋裏無休止地用洞簫的哀音呼喚著他的死去的家人，很顯然的，對他世上的一切都死去了，不復存在了，祇有黑暗，絕望，碎裂心靈的哀傷使他跌落在麻木的狀態中。……

就這樣地，他整整吹了二個夜晚，嘴唇乾涸而破裂了，他的唾液裏混合著血絲，但，他仍然吹著：這樣下去，不是祇有死亡嗎？呵！心碎了的人！

第三個夜晚，也許，那是命運的夜晚吧！我的曾祖父從縣城回來，聽我的祖父說鳳仔回來，便足不出戶的，日夜在吹洞簫，便跑去找他——我不是說過我的曾祖父和他是莫逆之友？而且，也是個洞簫的老手嗎？——慘淡的弦月像殘缺的磁器掛在梢頭，四野沉寂，海風帶著濤語悲鳴在空中，我的曾祖父急急忙忙地去到他的家，但在門旁的木麻黃下停腳了。他渾身起了戰慄，聽，那聲音，悲傷的，低迴的，陰鬱的，嗚嗚然的音波，升起，降低，飄飄渺渺迴盪在空中，那是一個無依的可憐的靈魂向地獄的死神呼喚著，懇求著安息—我的曾祖父從那綿綿不斷的聲音裏。直覺地了解他的無可安慰的痛苦的呻吟和「死」的渴望，但，能叫他不要吹嗎？不，不，當洞簫離開他的口的時候，也許他會昏厥而絕氣的。剎那間，我的曾祖父有了一個念頭，祇有一種方法能夠使他轉悲為喜，那就是用洞簫吹快樂的調子引開它。我的曾祖父跑回家拿了洞簫又去了。

「現在，在充滿悲傷的房屋外面，有歡樂的調子像一泓泱泱的流水動盪著，歡樂的拍子，跳躍的快樂，悠然地流著，流著，但，房屋裏的微弱，低沉的哀歌依然飄蕩著！……時間迅速地馳騁著，兩種不同的心境的波浪衝擊著，翻轉著，在夜深的冰涼的空氣中，交戰著……終於，房屋裏的洞簫聲停息了。

「鳳仔！」我的曾祖父跑進去拉住了他的手。格咚！他的洞簫掉落在地上，無力地癱瘓在椅子上，微弱地喘息著，無神的目光茫然地望著我的曾祖父。眼淚，晶瑩的眼淚模糊了他的眼睛……

從他回來後，他差不多摒棄一切交游，把自己關在房屋裏，除了我的曾祖父有時請他來喝茶之外，他被人們忘記了，而每夜，每夜，他老是吹著那一支的古老悲歌，永遠是低沉的，抑鬱的，絕望的悲歌……這樣，他憔悴了！像一個生命的火炬快熄了的人。差不多過了半個月，他忽然從村子裏消失了。沒有人知道他的行蹤。

將近一年後，從一個遙遠的小城，一個僧人帶一隻洞簫還找我的曾祖父，說洞簫是「鳳仔」在寺院裏臨死托他帶給他的，我的曾祖父曾盤問了許多關於鳳仔的話，但，那僧人只說鳳仔是鬱鬱寡歡，罹病死去的。說完老人轉動著洞簫。

「那麼，這隻洞簫是那個人的遺物嗎？」我說

「是的，」老人憂鬱地短截地回答著，把洞簫放在我的手中。我拿起手中的洞簫，細細的端詳了一番，那有著兩個鳳眼，六個小孔的洞簫是黑褐色的，時間和主人的哀樂，早已把小孔的邊緣磨得凹下去，並且，光滑，沉重。我在洞簫的前端發現兩個字：「引鳳」。從那個兩字，那些黑的小孔，我彷彿看見一個人的面影，靈活地活動著的手指，我彷彿被吸引到遠去了的褪色的歡樂和悲哀地氣息……我跌落入遙遠的，遙遠的沉思之中。

「我來吹一曲給你聽。」老人拿過洞簫，開始了起來。

西傾的月亮蒼涼了，洞簫嗚嗚然含悲地低訴著，飄蕩著，迴旋著……四野無聲，祇有洞簫聲在夜語在嗚咽，風在嘆息……

「這一支名曲是鳳仔一直吹到死的。」老人說著悄然地放下洞簫。

「這個曲子叫做什麼？」

「叫做三奠酒。」老人低低的呢喃著，織默不響了。

離開那個夜晚已經五年了。但，每當我聽見洞簫聲，便想起那支悲傷的美麗的故事。

今夜，我又聽見洞簫聲，於是，我又想起那一個故事。

＊編註：發表於《新地》一卷三期，一九五六年四月。另發表於《筆匯》革新一卷五期，一九五九年九月十五日。

霧

我獨自走著，在游離著夜霧的郊野。

我底跫音在寂然無聲的郊野的午夜裏，微微地響著，像一個邃古的夢的回音，像一個漂游在柔藍的霧海上的靈魂的嘆息……

霧，呼吸著，無聲地匍匐著，蔓延著。

The fog comes on little cat feet. It sits looking over harbor and city on silent haunches and then, moves on.

卡爾．桑德堡的詩，像撫摸著我的霧，浮上心頭。On little cat feet，貓的腳步，小貓的腳步？為什麼不是蝙蝠的羽翼呢？那無聲地翱翔的蝙蝠的黑紗似的翅膀，透明的，朦朧的翅膀，比小貓的腳步更輕盈呢，我想。

我沉思著，走著，輕輕地反覆唸著：On little cat feet. 我想從自己喉唇裏流出來的諧音，發現周遭世界的秘密……。

我沒發現什麼，一片柔藍的霧包圍著我、森林、大地……。

我在彌漫著的霧裏漫步著。我覺得像是走在柔柔的棉絮上，自己的身子很輕，很輕……輕如夜霧。

我的心漸漸消失了重量，我的幽幽的憂鬱的喜悅，滲透在霧裏游離著，遂乃化成一霧，一片白……。

＊編註：發表於《新地》一卷四期，一九五六年五月；另發表於《筆匯》革新一卷九期，一九六〇年一月二十日。

酒和煙草

在一個夜晚，我獨坐於咖啡室的一隅。

咖啡室是幽暗的。天藍色和淡綠色的天花板、牆壁，映著橙黃和紫紅的燈光。喁喁細語的情人們、檯椅、聲浪，自然地沉落在夢一般的柔光裏……。

我的眼前擺著一杯 Whisky、一支煙灰缸上的紙煙。

我呷著威斯忌，凝望從煙缸上上升著的，嫋舞著的煙。

煙，嫋舞著。擴散著。咖啡、可可、酒、和女人的香味，似乎跟著繚繞著的煙，升上來了。

所有這些色、香、味混合成一種特有的氤氳，使夜深的咖啡室漂流著一種魅人的預感，精神的？肉體的？分不清是屬於那一類的陶醉，使人們的感覺迷離。

我啜飲著威斯忌，幻想追逐著譎幻的煙圈。我在朦朧的意念裏，走得很遠，很遠。……

那煙似乎把我帶進一座廟宇或聖殿裏，在眼前似乎升起一片青紫色的煙波，各種建築不同的伽藍、大波斯菊、薔薇花，還有一雙柔情盈盈的眼瞳。那是一種希求，也是一種失望，它們仿佛毫無意義地出現在我的腦海，困惑著我，使我緊張又迷惘。但也使我發現自己所追求的生命，不啻是用智慧的刀斧雕鑿現實，還得超越現實，追求現實裏所沒有東西——夢。

我沒有醉。我有盈盈的一宇宙的寂寞，充實的寂寞。

我想：這個世界要是沒有「剎那」的永恆的陶醉，沒有朦朧的煙，便祇有赤裸裸的悲哀……。

＊編註：發表於《新地》一卷四期，一九五六年五月；另發表於《筆匯》革新一卷九期，一九六〇年一月二十日。

美人魚

秋日，我在一個廟前的大橋上等著朋友。等待是一種煎熬，時間過得格外緩慢。於是，我在橋上踱來踱去瀏覽著橋下廢墟上熙來攘往的人們、牲畜、溪畔的蘆葦、無聲的流水，心想著：一個詩人說的：「青藍的秋天深遠得令人神經沉醉……。」

這時，我聽見從橋的另一端傳來麥克風的聲音：「來，來，來，請各位朋友觀摩觀摩，這是知識的交換，五毛錢，只要五毛錢，便可以觀看罕有的美人魚，和美人魚談心……。」

「美人魚」？這名詞黏在我心中，剎時，碧藍的海洋，粼粼的波光、月光、發光的珊瑚島、曼妙的歌聲、彩色瑰麗動人而烏亮的長髮人魚，以誘人的形象顯在我心中。海涅的「羅累萊」動人的詩，王爾德「漁夫和美人魚」的故事，在我腦中飛起來……。我走向橋的那一端。

那是座簡陋的棚棧，四周繞以圍幔。一張鉛皮板畫著一條在水中遨遊的美人魚，披著長髮回眸淺笑的廣告畫。那畫下面是寬可容人的小門，門檻兩旁用拙劣的黑墨大字一邊寫著：「科學奇觀」，另一邊寫著：「每人五毛錢」。門口坐著一個手中握著小麥克風左顧右盼在招攬觀眾的中年男人。那是淡漠的缺乏表情的臉孔。觀眾很少，行人只不過給那褪色的廣告畫投以匆匆的一瞥，當我從口袋摸出五毛錢銅板要跨進門檻時，恰好有一個鄉下老太婆牽著一個小女孩走出來。

我是僅有的一個觀眾。

那是一公尺平方的水池，用四面厚玻璃砌成的，離地約八十公分用木板圈起來，深約四公尺。站著往下探首，即可看到美人魚，那是條活生生的美人魚！有一頭女學生的，長及耳際的棕黑色的短髮、一雙纖小的手；一雙胡核大的正在生長的乳房，在肉色的內衣下微微隆起著，隨著呼吸微微地顫動著：腰圍以下是金色而略顯絳紫色的魚尾和尾鰭。但，那半截魚身卻不如想像中的美人魚那樣，有著潤滑而又發光的彩色和感覺。美人魚，她微曲著半身，側臥在水下，也許是我的跫音驚醒了她吧，她從一種半失去知覺的沉思中，抬起那埋在水中的半臉來。那眼眸在純真的夢中閃著一樓憂鬱。玲瓏的鼻子、小嘴，表明那是一張頗為俏美而令人喜愛的臉龐，她的胴體給人一種鮮嫩的，剛踏入幼稚的思春期的女人未成熟的感覺。她又把頭低了下去，下意識地用一隻手拉攏著內衣，動了一下——是少女的羞怯？還是我探索的眼光困惑了她？我猜想著。

「你想和美人魚談話嗎？」那坐在門檻內的中年人對我說：「她能聽懂你的話，也會回答你的話。」

我沉默著，也許是他看出我猶豫著是否要問她，或者，他想要證明一下自己的話，那中年走了過來，站在我旁邊，便俯身對她說：「喂，美人魚！你今年幾歲？」美人魚仍然側臥著，卻只用一隻手轉動兩次，又伸出四隻手指來表示她的年齡。

「十四歲。」那中年人側過臉看我一下：「美人魚，你會不會游水？」

水中的美人魚點點頭。

「游游看。」他大聲向她說。

美人魚扭動幾下身子，撇了幾下尾鰭。似笑非笑地裂裂嘴。那是一種稚真而苦澀的笑。

「她只有十四歲嗎？」我問那中年人。

「是。她是我的女兒。」他說。

「她每天在水中嗎？」

「早上九點鐘開始，除了吃飯、睡覺、解手以外，都在裏面。」

「她沒有讀書？」

「國民學校畢業了。」

「整天屈著躺在水缸下的地窟裏，不會太苦嗎？」

「有什麼辦法？習慣就好了……。」那中年人說完，便沉默地走回原來的座位去了。

裏面冷清清的，只剩下我一個人和他透過麥克風招攬客人的沙啞聲音。

聽見那聲音，我記得適才他說的「有什麼辦法？習慣就好了」這句冷漠的話，也許我的好奇刺傷了他的自尊心，或者，他從沒有懷疑過人在生活裏，一切都會在一個模型中習慣化的人生哲學？我想到：對於在生活泥沼中翻滾的人，廉價的人道主義的傷感只不過是一種嘲笑而已。

我又一次俯首探視那睡在水缸下的十四歲少女，我對她搖了搖手，大概她了解我要走開，也報我以一揮手之別。

離開那棚棧，我一面看那形色匆匆的行人，下意識地回想著那人扮的美人魚的表情，以及十九世紀浪漫主義文學所強調的瑰麗而怪異的想像底美，在現實中的脆弱……

我感到一種嗒然若失的悲哀。

*編註：發表於《筆匯》革新一卷二期，一九五九年六月十五日。

極樂世界和地獄

忘記是什麼時候啦。那是個灰鬱欲雨的夏日。鉛塊似的雲拉長著臉，凝視著芸芸眾生熙來攘往的大地。我仰望天空，覺得大氣的壓力沉重地落在心上，而我心上的烏雲也正在擴散著，緩緩地……。

我走著，像一匹耐不住沉悶氣息的動物，希冀舒暢一下呼吸一般地，走到河畔。

這河，我是熟悉的。河岸上移植不久的楊柳和鳳凰木，晃著瘦弱細小的枝葉，病人一般的站在灰暗的蒼穹下，顯著一種迷茫的絕望和陰鬱。往日，這滿湛著綠水和髮絲似的水藻的兩岸，除了偶然垂釣的人，或洗衣服的婦女之外，是少有行人的。但今天，在這不適於閒散的午後，卻有許多來往的人。男的、女的、老的、少的，像赴廟會或趕市集一般，絡繹不絕。挑著祭品的，提著金銀紙箔的人群，都走向那搭架著戲台的空地圍集著。像所有被好奇心驅使的人；跟著人潮，我走了過去。灰塵追逐在人們身邊，飛揚著，流動著。而潮濕的風使行人的衣裙翻飛著，在河面上激起細密的漣漪。陰天的柔軟的陽光映在漣漪上、樹葉上，閃出綠黛色的光暈。那光，有著撩人心靈的甘甜的憂鬱。

那戲台是用木柱子、木板，搭架成的，像鄉鎮上節慶日的露天戲台，只留著正面觀看的地方，其他三面則以帷幕圍繞著。台上，站著四個穿戴道袍的道士們，和七八個和尚、尼姑。那些道士都是肌肉碩壯的：令人相信，有一種驅鬼趕邪的力量在那飽滿的肉體中潛藏著，而那些喃喃地誦唸著催眠似的符咒的和尚尼姑們，在那蒼白的臉上，有一種疲憊病態的枯黃，一種節慾主義者的，機近乎冷酷而憂鬱的莊重。那些臉孔在陽光昏黃的台上，看起來，給人以不可思議的宗教的悲劇氣氛。同時，也在神聖中潛含著某種惹人哀憐的複雜的表情。

道士們，有的在吹著法螺，霹啦霹拍地打著法繩，有的左手拿著一口小銅鐘，右手執著一根細鐵棒，叮叮噹噹，單調而有節拍地敲打著。你來我往地穿梭著。時而，大聲如叱咤，時而，低語如蚊鳴。和尚和尼姑，有的跪在墊子上，有的，並排在兩旁，敲鐘，叩木魚，口齒不清地誦讀著經典，反覆地頂禮膜拜著，那聲音，在沉悶多塵的空氣中，擴散著一種令人疲勞的震響。這是一幕宗教儀式。也是一種幾千年來，人類企圖以超自然的魔力和空虛的修悟的法力，求得超脫貧病死亡等痛苦的人生。希望在靈魂的疆土上建築安樂土；這是在掙扎與呼喚的悲劇。這一切，從台下仰望上去，卻有著超現實而虛妄的哀愁，和富哲學味的愚蠢。

祭壇的正面，貼著一大張寫滿墨字的紅紙。

「這是什麼典禮？」我問旁邊的人。

「超渡死在這條河裏的冤魂。」他說。

我仔細一看，才知道，原來那些字盡是寫著死人的姓名、性別、日期和地址的。我再把視線移開，祭壇兩側一排排的奇怪的圖畫便吸住了我。那些是十八層地獄圖：每張畫著一層和幾層的酷刑。據說凡是在塵世上犯罪的人，死後就要像世界末日的審判似的，墜落地獄中，受到面孔猙獰的閻羅王審判，和青面獠牙的群鬼的烤刑。同時，在地獄裏，也像人間一樣，按罪論刑：犯了什麼罪，科以甚麼刑；應送到第幾層地獄裏去，更是不能馬虎的……。

那些圖畫是出自拙劣的畫匠筆下的東西：針山、血潭、油鍋、磨臼、劓鼻、斷頭台、炮烙、割舌……。刑罰的種類之多，令人咋舌。凡是歷史上，那些古代嗜殺成性、患虐待狂的帝王們曾施行過的酷刑，無不存在。假如你是個對犯罪學和古代刑罰的考證有興趣的話，我保證：那些十八層地獄中的罪名和酷刑，定能引起你的注意。同時，你也會聯想到人類創造詞彙的偉大魔力而對它折服。因為「阿鼻叫喚」這個形容詞，實足以形容十八層地獄的景象！

我的好奇心大大地燃燒了起來。我擠到那些畫的前面，仔細地閱讀著羅列在那上面的罪名：弒君（這是含著太多封建意味的罪名。）殺父、通姦害夫、殺人放火、謀財害命、背信棄義、欺詐……等等，不勝枚舉。（我實在記不了那多罪名，我很遺憾自己不是個法學家！）讀著那些罪名，我有著貫徹心肺的震悸。原來，那些罪惡，對我們並不陌生。因為，那些在文明世界的報紙上、社會欄，是天天觸目可遇的新聞。在我們居住的星球上，每天，我們不是懷著窺探罪惡的好奇心瀏覽報紙嗎？的確的，在這個星球上，如果，沒有罪案發生，便像是太寂寞了。彷彿沒有罪惡，善就無由顯現出來。而這個十八層地獄的圖畫，卻顯示著一種簡單而使人們很少想像到的真實——人間世等於地獄！這也就是芸芸眾生夢寐以求的極樂世界，愈益顯得遙遠不可及：而且，更覺得崇高的原因吧，我想。

我靜靜地凝視著眼前的圖畫，想起自己所生存的世界，善與惡，上帝與撒旦，天堂與地獄……光和暗。我感到一種暈眩和迷惘。真實世界的形象和人工的極樂世界、地獄，霎時混淆了起來。於是，從那裏，我走到另一個祭壇。

那祭壇上供著一尊約一尺來高的釋迦的磁像。那裏，香燭融融，燒香的氤氳使人室息而卻又誘起漠然且神奇的期待。藍青色的煙嬝嬝地繚繞著佛。磁像後面懸掛著一幅畫。釋迦牟尼雙手合十，正盤腿坐在盛開的粉紅色大蓮花上，一串念珠握在手上；頭戴金冠，頭部周圍有一圈光暈，那光暈似乎顫動得聖潔而動人。（這是和頭戴　冠釘死在十字架上的基督不同的。）我不知道是否環境使我的感覺尖銳，抑或，那一絲絲，一縷縷，打捲的，漫散的煙霧使然；我覺得釋迦牟尼白皙的臉孔，閃著一種女性的溫謐的光彩，那表情有著淨化了的憐憫和哀愁，渾然地化為虛無的寧靜！這個形象，酷肖著達文奇所繪的基督的頭顱。這種印象，把我推進迷漫的思緒中：原來，如同基督在各各他山的十字架上，在死亡的頃刻間，在雷鳴閃電中才看見天堂的窄門；釋迦經歷靈魂痛苦的蛻變，摒棄一切愛憎、煩惱……七情六慾，變成一尊四大皆空的活的化石後，才在菩提樹下，發見蓮花盛開，鳥語花香洋溢的極樂世界似的。他們都在他們短促的生命中，經歷了人類幾千年的痛苦、困厄、虛無，甚至死亡的悸動的剎那，才感悟了他們的真理。因此，他們的臉孔都有著那種閱歷過大痛苦的錘擊的悲楚，及其昇華了的，而且類乎虛無的靜穆！釋迦雖不曾被酷刑奪去生命，然而，痛苦的代價和基督是不分軒輊的……。而他們死後呢，他們死後的生命在哪裏？在天堂？在極樂世界？也許，不。也許，僅存在於崇奉他們的殉道者，或者教徒們的心裏，而那極樂世界的淨土和地獄呢？依然祇是比真實還要真實的想像底幻影而已！

我抱一古腦兒膨脹而發悶的思緒，離開了那喧囂的地方，回到自己孤獨的世界，我用冷嘲自己對極樂世界和地獄所抱的懷疑和推測，對自己說：「管他天堂地獄！九霄雲外、十八地層下，都不是人居住的。天堂是在地上，地獄也是在地上——在這人們熙來攘往的，天空灰鬱，潮濕的風盤桓的地上！」。我感到一種快感，也感到一種悲哀。因為，我在這個世界裏，隨時能夠發見天堂，而我是真實地居住在這裏。可是，在這隨時可見天堂的地球上，有時卻比地獄更加殘酷，更像是地獄！但，無論如何，我覺得自己是固執地熱愛著人間的。如果果實是甜的，也只有在地上，才有果樹能扎根，生長，結實。

默默地，我又一次對自己說：「你要扎扎實實的扎根在地上。這裏是地獄，也是天堂和淨土！假如你渴望極樂世界，每一個日子和生活都是一重窄門！」

於是，我離開那喧囂的人群，更遠，遠遠地……。

於是，我懷著心靈解放了的喜悅，俯視那映在河面上，在漣漪裏蕩漾著的自己的面影；很久，很久，忘記了自己……。

＊編註：發表於《筆匯》革新一卷二期，一九五九年六月十五日。

米糕粥

夜市是平民化的地方。那裏，有各色各樣的小吃攤，物美價廉，對於沒資格上茶館酒樓的升斗小民來說，委實是個可親的地方。

閒暇時，我時常拖著木屐，泡在那地方。當然囉！我的口袋不是富裕的。但，我能用五角的銅板（這是夜市上最便宜的價錢），去享受那裏的氣氛。說來，我去那地方，除吃之外，還可以從食客各自不同的臉譜上，滿足一點忖度生活秘密的癖好。

譬如說：我在夜市上，吃二塊錢一碗的四神湯，我可以一邊啜著清湯，細嚼豬肚子；一邊眺望著其他的客人。我不知道你曾否發現：人在吃東西時的神態和表現，是和微妙的精神狀態有著密切的關係？對這，我是滿感興趣的。例如：在我對面有一對年輕的男女在吃鱔魚麵。當他們吃完，那男的，即從口袋裏摸出鈔票並付錢，從那大方的行為，可以推想他的慷慨，和一種男性在女人面前的微妙的自尊心和騎士精神。但，那女的，卻止住他，然後，請他坐下，然後，叫跑堂的過來算帳，細心地，低著頭，從手提包中拿錢付帳。從那些動作，我想像到那女人也許是初戀中的情人；同時，由她點數帳目和找錢的神情，又可以付度女人確是精於經濟的。自然啦！這些想像、感觸，並無多大價值，也很容易忘記掉。但，有時要忘掉它，卻也很難。

那是隆冬的某個星期天。朔風在陰霾而低沉的天幕下，獸一般地嚎叫，行人縮瑟地走著。我拉攏外衣和K君並肩走進夜市，想給肚子一點熱東西。

「喂！口袋裏還有多少？」K君說。

「兩張郵票；一張拾塊的。」

「噢！還可以來瓶太白酒。」

我知道K君在盤算著如何慷慨我口袋中僅有的綠鈔票。我們在賣米糕粥隔壁的尤魚攤坐下。

「一瓶酒，一盤尤魚……」K君說：「喂，還剩兩塊錢，先叫兩碗米糕粥填肚子怎樣？」

「好吧。」我一面看著那位格特格特地、揮動熟練的手法切尤魚的老頭兒，回答他。要了一盤尤魚，一瓶太白酒。

這裏，升騰著炒菜與煮東西的油膩氣味和蒸氣……

吃完米糕粥，我們喝起辣味的太白酒。

「喂，你剛才說波特萊爾去頹唐的逸樂中，滲透著淚水，是什麼意思？」K君啜一口酒：

「對於一個惡魔主義的人，你似乎有過分的袒護。」

「這有什麼祖護，你是個迂儒！你不要忘記：人除掉一層表皮，還有淚腺、內分泌腺；有一顆看不見，摸不到的心。」我淡淡的說。

「哼！這就是辯護波特萊爾的理由嗎？」

「不是，我說的是事實。我們所能想像的是一些現象和經驗而已。但，世界太大，太微妙，我們不能感覺的，不能經驗的卻太多。你能體會到：聖母瑪麗亞生下耶穌，除她感受聖靈的光榮外，她為了撫育生下的孩子，而在人間受的痛苦和悲哀，是怎樣在她心中蹂躪著光榮和聖潔的喜悅嗎？」我說。

K君沉默著像在尋找反駁的語言，一方面不斷地啜飲著酒。

在沉默裏酒在我心中燃燒著。一種解放寒意和憂鬱的微暈是舒服的。我又呷一大口酒。看著K君滲泌在鼻尖的汗珠，感到它有一種奇異的美。

「喂，你的鼻尖很美。」

K君抬起頭，苦笑著說：「我不願在酒中攪進你的鬼思想……」

這時，我聽見孩子的哭泣。我轉頭一看：一個中年農婦背著二、三歲左右的小孩，走進米糕粥攤子裏來。從那農婦的衣飾，很明顯的，任何人都可看出貧窮就是她唯一的財產，也可以想像她的生活是一潭泥濘。在這冬天的黃昏，她僅穿一件千釘百補的袷衣，她那臉上的神情，與其說是憔悴，不如說是空虛，迷漠。我在心中試著用一句最簡賅的句子形容她。「疲憊的空虛」？「迷惘的陰影」？一連串字眼走過我的心上……。「聖潔的哀鬱籠罩著她」，嗯！我滿意這句含有嘲謔，但，不禁笑起來，心想：假如叫福樓拜來形容，他將會笑我太幼稚的。

她把孩子放下來，摟在懷中。用一隻手輕拍著孩子的背，小聲地說：「乖，乖，不要哭：媽給你米糕粥吃。」我想不出那樣憔悴，疲倦形於色的人，竟有如此溫柔，充滿慈愛，歡愉的聲音。那聲音含有一種燃燒的情感，深厚而又熾烈……。

她用湯匙勺起米糕粥，將它吹涼，一口一口地喂著小孩。偶而，自己也吃幾口。那孩子在留著淚痕的臉上，閃耀著稚氣的笑。她注視著孩子，也微笑著，是怎樣容易滿足的母親的心哪！在這陰沉的黃昏，在這夜市的雜沓和騷動中，那微笑是如此靜謐，如此動人。在這灰鬱的人生中，永不為寒冷和勢利扭曲的是什麼呢？我發見了它。我的腦際浮起畢卡索在青色時代所畫的「母子」像，眼前感到在那塗抹著寒冷的青色的畫面下。有一種情感的力量，要衝破陰晴，寒冷而向所有的人襲來。那是永恆的火，燃燒在母親心中。我發覺自己所鄙視的生活，仍有一絲渺小的真實，值得人去追求，不計代價的為它受苦。

「喂！你發什麼呆？」K君說。

「嗯，我看見瑪麗亞……」

「什麼？」K君用發紅的眼睛，困惑地搜索著我的臉孔。

我沒有答腔。我目送著她背著孩子，又走向陰晴，寒冷，朔風呼嘯，人潮波動的天空下。

我將半碗酒，一飲而盡。

我分不清是情感的衝動，還是烈酒使然，我底心燃燒著……清醒地。而一碗五毛錢的熱騰騰的米糕粥，和母子倆的身影，卻鮮活地烙印在我心上。

＊編註：發表於《筆匯》革新一卷三期，一九五九年七月十五日。

葬列

街上走過一條長蛇陣，那是浩浩蕩蕩的葬列。西樂隊的喇叭、黑笛、沙克士風正奏著 Nearer My God To Thee 的哀樂。而中樂隊卻鑼鼓鐃鈸，翻天動地奏著不知是哀歌還是頌歌的東西。執白幡的人被人扶著；執紼的人有推著腳踏車的、坐三輪車的，大部分的人走著，有的談話，有的左顧右盼……。

我雜在人叢中，眺望著。

葬列最前頭有打扮三藏取經的孩子騎著馬，接著是一行挑花籃的女孩、坐在三輪車上的和尚、道士、尼姑，還有一排排的花圈、輓聯……。而在那被幾十人扛著的棺槨兩旁，有一群人扶著棺材，穿戴著孝服，哭的、沉默的、低頭的，也有從孝帽下窺視四週的。這是一條約三百來米的殯列，在夏日將近晌午的街道上蠕動著，杜塞了十字路口的交通。好奇的人愈來愈多，交通警察從崗亭裏走出來，聲嘶力竭地吆喝著。

「你看，那口棺材多大，多厚！」聲音從後面傳來。

「當然嘍，人家有錢有勢，這一點算什麼。」有人回答。

「聽說這口棺材花了一萬多塊錢。」

「哪有這麼貴？」

「沒有那樣貴的？棺材是黑檀木造的，你算算看！」

那是橘紅色的棺材在烈日下閃著刺目的光，彷彿那光就是死者的富有和哀榮。

「咱怎能跟人家比！」一個老頭兒搖頭說：「咱拖磨一輩子也得不到一口這麼厚的棺材呀！」

「人家命好！」這是女人的聲音，那聲音裏似乎有一種嫉妒。「羡慕人家有什麼用？」

「哼！人家生也富貴，死也富貴，聽說光這次出殯就花了十多萬。如果人家是在天上飛，咱可是在地下爬啦！」這聲音有一種自嘲的顫動。

「人比人氣死人，世間人，馬馬虎虎啦——富貴也是一生，貧窮也是一生，到頭來睡在墳裏，還不是一樣？」那人頓了一下，好像沒有專意對誰，又接著說：「生不帶來，死不帶去，活著不餓肚子就夠了。」他是個三輪車夫，發現我看他，便徵求同意地向我說：「你說對不對？人死了，還有什麼？給他用去一百萬、一千萬，有什麼用？死人能知道嗎？什麼遊西天、進天堂，誰看見？——那些錢倒不如拿來賑濟窮人。」

我不置可否的嗯了一聲。

「只有凱子才想上天堂遊西天，死了就死了，誰會知道死後的事？」他仍滔滔不絕地說著。我想：當他在家中過年時，說不定仍會燒香上供，膜拜那連自己也不相信的神。我深深感到生活的矛盾，以及生命中無法超脫的痛苦和寂寞。

我離開人群，到一家咖啡室——Heaven Coffee Room——一塊畫著飛翔著天使的招牌，在樓梯口懸著。天國！一切活人死人嚮往的樂園，這是富有誘惑的字眼。——我這樣想著，步上二樓。

那位小姐把紅茶放在檯子上。

「還要什麼嗎？」

「不，請你把窗帘拉開。」我說：「從天國往下看出殯的行列，也許是有趣的。」我想她是不會了解我的戲謔的。

「有什麼好看？活人要面子，死人也要面子，看來看去都是一樣。」

她漫不經意地說：「他死了，有上好的棺材、成百的花圈；有福氣，有面子；可是他知不知道他三個姨太太在他死的第二天就為分產而打得頭腫眼青。死人一死，一了百了，受苦的還是活的！」

我站在窗邊俯視下面的葬列。那些白幡、花圈、輓聯、棺材、人潮，宛如移動著的剪貼和傀偏。——我想起三個哭腫了眼睛，走在葬列中互相以白眼睨視的女人。

「死了罷了，活著還怎著？」這一句以前不甚了然的話，深深地感動了我。

我又一次俯視遠去的葬列，想起傳說中在蓮花池漫步的釋迦。當他透過七重天，俯視眼下的刀山血池的地獄時，不知有何感想？

＊編註：發表於《筆匯》革新一卷六期，一九五九年十月二十日。

窮巷

我很誠懇的說：我愛那彎彎曲曲的小巷子遠勝於寬闊的街道。也許有人會說我故作欺人之語，但，實實在在，我深愛曲折而狹窄的小巷子的。

你們都市的居民們，你們曾經踽行深巷之間嗎？如果沒有，我為你們惋惜。小巷——這都市的微血管，深藏著一切不可思議的想像的美感，如果你們有一份好奇心，我願意陪你們蹓躂所有的小巷子的。

譬如說：此刻正是黃昏，大街上櫛比著的高樓大廈柔和的餘暉裏，在灰塵蒙受斜陽的映射裏矗立著。柏油路上人們拖著多長的影子徘徊著呵！但，請你走進小巷子裏去吧。你將看到兩邊相峙的，有斜度的牆壁，把廣曠的天空，黃昏的玫瑰色天空劃成一道小路似的。而小巷子蕩漾著的光比馬路上的更陰柔，夢幻，充滿著秘密的預感的歡樂。走在那裏面，你不會想起更多的事情嗎？要是我呢？每當我走進去的時候，我底腦海裏立刻浮起立體派畫家們的畫面，面積和面積，光和影，線和線，交織襯托的立體感之中，有一種生命的動力潛藏在那裏隱約可見哩。你知道臨馬路的是建築物的正面，堂皇莊麗，而有一種權威倔傲會壓迫你。但。在這小巷子，你永遠只能看到建築物的背面，或側面。而那常是粗糙，零亂，簡陋，它會給你深刻的感動。這，正如那一切走在大街上的衣冠楚楚的，都市的可敬的公民們回到他們狹窄的巢窩時，便完完全全現出了本來 的生活的醜陋陰鬱；可是卻永遠不改其原來的樣子，蠕動著宛如糞坑裏的蛆蟲——走在曲折，陰暗的小巷子，你不會有這種感覺嗎？尤其當你祇看見一匹狗，或者是一個老人躑躅在臨巷路的門檻的時候，你不會發現喧囂，明亮，豪華的都市背後，卻如此其神秘地陰鬱，醜陋，而感到陌生的驚奇麼？可敬的朋友，你說你從沒有發現過這些，而你問我除了神秘，陰鬱，醜陋之感而外還有什麼？這，我是不能使你完全滿意，如同波特萊爾說他在關著的窗子裏生活遠比在外面發現更多的真實似的，除非你的情感能夠微妙地感覺一切。如果你一定要我說出我的感覺的話，我說：從那些小巷子裏——都市的盲腸，我切實地感受了人類生活的神秘，空虛，都市的真實面目隱藏在窮巷的陰影之中。

請你不要說我的神經不正常，從那窮巷的一切印象裏，我永遠新奇地感受到一種殘欠的美，即是醜陋卻包含著更多的真實。

我說：我是深愛窮巷的……。

＊編註：發表於《筆匯》革新一卷六期，一九五九年十月二十日。

市場漫步

這是奇特的地方，人類的市場——包括，一切衣食住行的必需品的市場，那是兼容並蓄的精神病醫院。

假如你不以為我狂妄，你看一看吧，請看那些站起在玻璃櫃前的男女老幼吧。在那同樣注視著一件東西的眼光下，有一個多麼奇異的迅速即逝的精神活動展開著啊！那些陳列品在一切站立在它們前面的顧客們的臉上，畫下多麼豐富而變化多端的精神的標誌呵，貪婪的，迷惘的，空虛的，沮喪的，輕蔑的，夢想的！……你不能想像人類情緒的圖畫何以如此其多，如此其彩色繽紛。但，從那一些臉孔湊近玻璃櫥的人們的表情上，你不能看出一種共同的特性麼？朋友，請斂住你的冷笑吧。這，我是經過不算短的歲月才發見的呢——「佔有」。是的，「佔有」。是的、是的。那永無厭足的「佔有」？你且觀察一下吧，不管那些陳列品在他們心中引起的需要是什麼，但，在那一切貪婪的，迷惘的，羨慕的，空虛的各種不同的表情之下，燃燒著同樣的「佔有慾」的火焰。而假若你不是一個只有胃腸活動而腦汁枯乾的人，這種念頭會油然地浮顯於你心中的，那就是人類不知足的「佔有慾」，正如我們的生活的痛苦，除了精神敏感的患者之外，肚子便是兼而有之的。對於權勢、財富、名譽、女人，以至一塊麵包屑，一絲線，一根竹子，人類表現的是怎樣新奇而又旺盛的「佔有慾」呵！亞當和夏娃之所以被趕出伊甸樂園，無他，只是為了一個金蘋果！

唉，願上帝憐憫我，願上帝從我的心上收回五分之三的佔有慾吧，我脆弱的心實在受不了由於「佔有慾」的消化不良而起的不安和苦痛呵！

＊編註：發表於《筆匯》革新一卷六期，一九五九年十月二十日。

星期日的公園

在一切煩躁之中，期待是最難忍受的東西了，在生活羈束之中，人們時常帶著一種煩躁，期待著星期天。

從愛情的呆板的愛撫和痴語，從同一的生活的滯澀，從一切精神抑壓的痛苦中，人們期待著的一天的最後解脫。

你曾踽行於公園麼？

星期天的公園是人類生活的縮影，正如陰暗的影子烘托出光亮，從星期日的公園的空氣裏，我才知道人類是連自己都難以了解的奇異動物！

從一切顏色的建築物走出來，走進綠意盎然的公園，首先便不自覺的輕舒了一口氣。彷彿從長久被關在檻子裏的獸類一般。你知道一般心理學家們說的情緒的週期性吧！生活瑣屑的事情，像跳進眼睛裏的沙粒一般，使我們緊張，暴躁，歇斯底理的，甚至，理性暈眩。的確，在這個時候，一枚綠亮的葉子，一絲清風，多使人心曠神怡呵！靜靜地，在林蔭的長椅子上側身躺著，閉著眼睛閃避著從葉縫縫裏漏下來的陽光，吸一支煙，把所有的骨骼都鬆弛下來，或者，一隻手放進涼幽幽的噴水池中，毫無所思地看著穿梭著的魚。或者，坐在草地上，默默地眼光跟蹤著慢條斯理散步的人們。這種閑散，慵懶，片刻的精神的虛脫狀態和憩息，對於在工作與麵包之間輾轉了一星期的人們是多們需要呵！何況在絨一樣的草地上，善良的陽光像一個痴情的女人獻出所有的吻呢！朋友們呵！我不是公園的幽靈，但，此刻，我了解你們的心緒如同自己底一般清楚。

這慵倦，這一脈甘美的，頹廢的，片刻的柔情，這一切微乎其微地異常的精神的喜悅。但願能醫治你們的精神病症。

我踽行在公園的幽徑，我看見消失在公園的綠林背後的紅磚瓦的精神病院。

我說：對於現代的都市的公民們，公園是完美的精神病院哩。

——一九五九年七月

＊編註：發表於《筆匯》革新一卷六期，一九五九年十月二十日。

我不為什麼地走著

午後只剩下一截尾巴，但，太陽還是辣辣的，把人咬得皮上發疼。

街上，人真多。這麼多的人從哪兒來？要去哪裏？

我從中正路上頭跟著人潮隨波逐流地走著，不為什麼地趕著人們星期天的熱鬧。走入書局，隨手亂翻兩下新舊書和雜誌，又倒流出來。沿街瀏覽著櫥窗。厚玻璃窗中的模特兒穿戴著簇新的流行裝，擺著姿勢站在那裏。褐黑的頭髮，眼睛描著黑眶，像入定無所思的克列奧派特拉——為什麼沒有表情——我心想：克列奧派特拉早已在尼羅河氾濫的泥沙層沉淪，埃及也可能會滅亡，但，很多很多的克列奧派特拉卻永遠不會死。你看我的周遭就有許多克列奧派特拉們，水蛇一般地扭動著腰肢蠕動著。

但，我是誰？不是多情的安東尼！（其實，安東尼只是個慾情的俘虜而已。）我只是全身被著熱性皮膚的，穿著一條帝特龍長褲、尼龍襪、讓自己的身影在櫛比著的櫥窗裏若隱若現、不為什麼地走著的一個人而已。

女人的裝飾品，琳瑯滿目，並且，毫無顧忌地展覽著，奶罩，三角褲，褻衣，長絲襪，眼睫毛，假髮……。它們仿佛嘲笑著世界上愚笨的男士們不了解它們的用處，卻永遠不得不為它們慷慨的付出一把一把的鈔票。唉，這世界要不是有女人，經濟是繁榮不起來的。

我走著，擠著別人，被別人擠著，和迎面而來的陌生人交射著目光，像一條在人工的海中游泳的小熱帶魚，在暈眩的陽光下穿梭游泳著。

國華戲院旁的唱片行，家家播放著風靡音樂，早已發霉的黃梅調、林格風、和交響樂、每家幾乎都憤怒地放大音量，企圖壓倒從四面八方流過來的聲響。聲音的漩渦宛如熙來攘往的人潮，攪混著，織成一面迷惘的慾念的網，擴大著，震顫著……。

兩個年輕的摩登女郎，扭動著腰肢游在我底眼前。熟透頂的女人。為什麼她們偏要把臀部那麼抖動著滑行？這麼大熱天，穿那麼猩紅猩紅的緊身衣，彷彿在誇耀著她們的胴體放散出來的磁性會吸住人的眼睛似地。我注視著她們在人群中的背影，猛地，發現了自己的存在。也許，人最容易在慾望中迷失，但，可能也在最強烈的慾望裏，才能感覺心臟激越的跳動的吧。

陽光，很白很白，白得透亮，陽光兀自照耀著都市、人潮，卻照不透在光之海上漂流的心。突然，電唱機播出「深夜的布魯斯」的歇斯底里的、顫動的小喇叭。這尖銳刺痛聽覺的、寒熱病的夢囈般的聲音，使我感到疲乏和空洞洞的虛無——在這大白天的光之海的深夜裏，我浮沉著，沒有方向，沒有快樂，也沒有悲哀，只觸及了心中龐大的寂寞的陰影和空洞的生命的體積。

我不為什麼地走著，走在人潮裏，走在星期日，一週第一個日子迷惘的秒針上……。

——一九六七年七月

老人和小鳥

那是一家賣小鳥的鋪子，老板是個老頭兒。店中掛著，擱著大大小小的鳥籠，鳥籠裏是金絲雀、文鳥、十姊妹、八哥等各色各樣的鳥兒……。

好幾年了，每天早晨上班時，我都打那兒走過。每次總看到那位老人家，挺有精神地清除著鳥籠裏的穀屑，牛腐爛的青菜葉子，或者換著給鳥兒喝的清水，他把臉湊近鳥籠，以審視著什麼似的目光，瞧著籠裏的鳥兒，或者傾耳聆聽著籠中鳥兒鳴囀。這時候，一位老婦人，大概是他的老伴兒吧？總是拿著一個噴水壺，在店裏店外灑上些水，掃著地……幾年來，總是如此。

有一天，我發覺老婦人不見了。那位老人獨個兒整理著鳥籠，照顧著鳥兒，還自己灑著水掃著地。我心想：那老婦人到哪兒去啦？這個老人顯得有點兒頹唐，不像以前那麼矍鑠了。

又過了些時日，我發見店裏已經沒有了鳥兒，當然，也不見一個鳥籠了，那位老人呢，總是獨自呆坐在一把舊椅子上吸煙，瞌睡著似的，時而木然凝望著店外的什麼地方，時而傾聽著什麼呼喚似的。

有一天早上，我看見他一動也不動地坐在那裏抽著煙，彷彿這個大千世界，除了沉默不語的他一個人以外，沒有行人，沒有市聲似的……。望著他石像似的樣子，我心底有一種渴望：想要明白他到底怎樣了？人即使在風燭殘年也該有他的世界啊，不管那是悲哀或者歡樂？

「您好，已經不賣鳥兒和飼料了嗎？」我這麼一問，他像剛從夢中醒來似地看著我，向我問道：「鳥兒和飼料？」「是的。」我說。

他沉默了一下：「啊！我不賣了！什麼也沒有了。」

「賣小鳥兒不是很好嗎？」

「嗯！以前是的，可是現在什麼也沒有了！」

「為什麼？」

「老伴兒走了，鳥兒也沒有了。」

「你還可以自己經營吧？」

「我？」他遲疑似地像是回答我，也像是在問自己。

「我幹這行四十年啦，一直跟老伴兒一起幹的。可是她去了，我一看鳥兒、籠子，一聽鳥兒鳴囀就想起她來，就覺得更難受……，我們沒有兒女，老伴兒和我都喜歡鳥兒才賣小鳥兒的，可是，現在什麼也沒有了！」說完他似乎又在瞧著店裏的什麼地方，聆聽著什麼似的。

「老伯，您保重啊！再見。」

我急急忙忙地離開了那位善良的老人，而腳步愈快，心裏愈覺沉重起來。人，誰不是背負著任誰也都無法慰藉、無法擺脫的大寂寞傾聽著走進來又走開去的「時間」的跫音，走著自己的路的呢！

一種苦味，一種沉吟，交織在我心頭，久久，久久沒法離去……

——一九八二年十一月杪初稿

一九八三年二月七日修改

＊編註：發表於《文季》一卷一期，一九八三年四月。

船，碼頭和螺絲釘

在我腦海角的落裏至今似有著這麼一句詩，時而浮現著：

船銜著煙斗，
在海上散步著……

——除了這兩句外，詩題以及其餘的詩句都忘得一乾二淨了。寫的人好像是深受法國詩影響的日本詩人崛口大學——可是，我知道連這個記憶也是靠不住的，但，那也沒有什麼關係，反正在生活裏，人總是要記住些東西而又要忘掉些東西的。雖然有時候，也有免不了有為著想要忘記而忘不了的事情而痛苦的，但，事實上，正如心理學所說的：人的記憶容量有一定限度，為要記住某些新事情，不知不覺地忘記另外一些事情，春夏秋冬，盛衰榮枯，有相聚就有別離，有生就有死，……一切莫非如此。——今夜，忽然這些紛然無緒的念頭佔據了我，令我又沉落於漫無邊際的思憶的波濤裏了。

剛才不是說到「船銜著煙斗，在海上散步著」的詩句嗎？這詩句是頗為現代的而且富於機智的——然而，也叫我終覺一種無可言喻的渺茫，這條船在闊渺無邊的汪洋上將要散步到哪兒去？散步到什麼時候？煙斗升上來的一縷縷煙將飄散到哪裏去呢？出去散步時，許是晴空萬里，波平如鏡，但，海洋上會不會猝然掀起滔天怒濤，來一場翻江倒海的狂飆暴雨而變得海天一片、伸手不見五指呢？請告訴我，有誰能預料？

少年時，我曾經偷偷夢想過一個夢，那是在故鄉——一個貧瘠的村子夢著的美夢：背著一把吉他，我是一個水手，或在藍色的夜裏倚著船欄，嘴裏銜著煙斗，凝望著天上的皓月和暗藍而發光的波濤和搖蕩在波浪間的月影，側耳渴望著傾聽到美人魚之歌，或在磅礴著霧氣的異國海港上，身靠著碼頭上的電柱子輕彈著甜美而又憂鬱的青春之歌。從一個海港到另一個碼頭，我要看透這個廣大的世界，所有的異國和浪漫蒂克的女性的倩影……。然而，曾幾何時，人卻成為一支螺絲釘被嵌在一個地方，動彈不得且又生起銹來。而這個「銹」卻又把人固定得更牢不可拔了。不勞你說，我也知道得很清楚的，一支螺絲釘——雖只是一支微不足道的螺絲釘，自有其價值在。這是用不著懷疑的，正如它無可置疑的是一支螺絲釘！啊，一個人是一顆螺絲釘，而船呢？而海港呢？每一思及海闊天空，船，碼頭，海上的拂曉和落日，就覺得自己已經折斷了「水擊三千里，摶扶搖而上者九萬里」的大鵬之翼了。無疑的，這是一個大寂寞，但要肯定它也是人生的一個事實——這就是有時難免叫人躊躇了。何以故呢？為的是心不死！這個世界上沒有夢，是沒有生氣的。灰鬱鬱的，斷了念，死了心，一陣絞心的痛苦之後；也許可以獲得 一種平靜；可是，沒有夢還有什麼呢？雖然有夢的日子是痛苦的。也許，有些人是願意 至死懷著比沒有夢的日子更痛苦的夢的吧！

船，海港……

開航的船也許在其航程上會碰上狂風暴，甚至沉沒海底；但，一條永遠停泊於海港的船，是船嗎？海港是為了開航和航海歸來的船而存在的。世界上有著為了永不開航的船而設的海港嗎？一條船，一個海港，一支螺絲釘，各自有其命運。通過「時間」，船變成廢船，海港變成死港，螺絲釘變成銹鐵……這都沒有什麼關係，但願從「始」到「終」之間，切都有發光的夢。

——一九八二年十一月杪初稿

——一九八三年二月七日修改

＊編註：發表於《文季》一卷一期，一九八三年四月。

手

每天，為了工作，我匆匆忙忙地趕路。

今天，我又打從那條小巷走過。忽然，一陣子狗叫，一陣燒香的芬芳叫我下意識地轉了一下頭。「忌中」、一張白紙條，突地映入眼睛。人真是奇怪的動物，多少熙熙攘攘為「生」鑽營的人們摩肩接踵地擠在身旁卻絲毫引不起注意，多少「死」同「生」一樣產生於身邊也不會引起關懷，但，有時，毫不認識的一個女人的微笑，一個孩子嬌憨的哭聲，一朵野地裏寂然開著不知名的小花……，卻會存在記憶裏久久不滅。

「忌中」，這張白紙，這張顯示一個生命死亡的白紙，突然挑起我的記憶，——啊！那一雙手，那一雙結滿粗繭的，遒勁的古松之根似的一雙手，頓時浮顯在我眼前！那是一雙在時間的流沙中磨礪了多麼久的崇高的手啊！我跌落進幾年前一個下午的回憶裏……

那是一間不為人注意的路旁店鋪「皮鞋修理店」，大概只容得下兩三個人蹲在地上的小鋪子。

那天剛好是個星期六下午，我的一雙皮鞋後跟磨損得像高雄的半屏山，要去掉卻又不忍心，所以出門想找一家修理鞋子的。手上提著一雙陳舊的皮鞋，邊走著邊想：在東京像我這雙鞋，不，比我這雙還要十倍新的鞋子都常看見人家扔在垃圾堆裏的，然而，我竟下不了決心扔掉它，因為它跟我一起朝夕與共地走了三年路，怎能棄如敝屣呢！我要修好它！

「老伯！你好！」

「嗯，你好！要修理皮鞋嗎？」那個老伯伯——皮鞋匠瞧著我手中的塑膠袋說：「讓我看一看。」

我把皮鞋取出來遞給他，心裏有一種讓人看見香港腳底似的感覺。

「噢，皮革不錯，還很結實，修理好了還可以穿好久呢！」皮鞋匠，不，那位道道地地的老實的老人仰起頭對我說。

「那就給我修理吧！」聽我這樣說，他又反來覆去地細看著說：「換一換鞋後跟就行！」

那一雙手，就是那一雙粗大結滿厚繭的老松根似的手，開始在我面前釘釘子、挖洞、穿線、拿鐵鎚敲敲打打……。

「老伯，你幹這一行多久了？」

「打十八歲起，幹了六十年了。」他不停手地說。

「現在來修鞋的多不多？」

「不多了，連穿一兩回不中意的鞋子都要丟，怎麼會多呢！」他依舊專心致志地工作著。
「現在幹這個工作過得下去嗎？」
「咳，怎麼過得下去！我是不工作就覺得吃飯沒胃口，才在這裏搞這個呢。」
「過不下去，怎麼還要搞啊！」
「不搞，日子還是可以過的。就是閒不下來，而且，現在很少人願意搞，所以我要搞！」他依然不停手地工作著。
「大量生產，皮鞋便宜，所以沒人願意修理，是吧？」
「是那樣。但是，機器生產的皮鞋沒有個性！」
「沒有個性！」
「是啊！沒有經過手的東西，怎麼會有個性？」他的眼睛裏有一種迷惘，可又有一種毅然的反抗之光。
「最近，我的力量大不如以前了。本來也可以不用幹，但，你想：人不是活一天就該工作一天嗎？」
這些話，和那一雙手，打那一天就在我腦海裏留下烙印以後，時而埋沒在世事的匆忙，和時間的灰塵中，時而，不經意地在一個意念中鮮活地浮現出來……

今天，無意間瞄過這張「忌中」的白紙，一種生存與死亡的微妙思緒，感染了我。讓我又想起那一雙手，而且，那一雙手逐漸大起來，大起來，向我逼了過來……強而有力地攫住我的心靈，令我覺得自己的一雙手廢而不用已經太久太久，幾乎等於殘廢了！

人不管多麼卑微或偉大？活一天就得工作一天，而工作是無所謂卑微與偉大的！

今夜，我有了一回快樂無比的失眠！

——一九八二年十一月秒初稿

——一九八三年二月七日修改

＊編註：發表於《文季》一卷一期，一九八三年四月。

公共廁所的人

這是好些年前的事啦。每當我從那不怎麼夠氣派的公共廁所走出來時，便有一種莫可言狀的迷惘……。

那個女人住在那裏面管理公廁怕有十幾年了吧。當初我看見時，她是個中年婦女，令人判斷不出有多大歲數，她身材中等，既不醜，也不美，就是在路上碰見幾次都不會叫人留下什麼印象。

清掃那間公共廁所，給解手的幾張手紙，收幾毛錢——這就是她一天的工作。我並不以為那項工作低賤，只要拿自己的時間、勞力去換取食物，工作是無所謂低賤不低賤的。然而我一直不了解何以她必須住在那間僅容一張床大，白天都得點著六十燭燈泡的陰暗小房間？更何況廁所不是人要居住的地方呢！這些問號在我心上打了個結，卻百思不解其故。所以每次步入那間公廁時，不管如何，我都下意識地窺視她，可是，得到答案的希望還是落了個空。

她那因長年居住在陰暗、潮濕角落裏不見天日而蒼白裏發黃的臉上少有表情，不，簡直可以說是張撲克臉，彷彿隨著歲月和環境，她的喜怒愛慾全部銷亡了。如果說她的眼神裏，時而會有一絲閃光，就是在揣摸著這個踱進廁所裏來的人是否要買衛生紙？如其要買，她就拿出疊得方方正正的幾張手紙，等人家把錢放在她的手心上。她不正視人家，視線彷彿永遠瞧著人家的腳尖上。收了費，她時或似聽非聽地把頭側斜著聽著小收音機，時或獨自排弄著撲克牌卜算著什麼似的。

她的所有物似乎只有一床鋪蓋，別的一無所有，難道她就像住在木桶裏，只帶著一只木碗的希臘哲人？不，這是不可能的。然而，天天只為了一些錢而寧願居住於充滿臭氣混和著消毒藥水的廁所內，無論如何是叫人不解的！什麼事情使她這般甘心地過著陰性動物一樣的日子呢？人和生活是多麼叫人難以捉摸理解啊！

從那間公廁走出來。每當一抬頭，看見被城市的大樓和大樓劃出來的一方藍天時，我那種好奇，探索摻雜著迷惘的情緒才又隨著市聲消失了。她現在如何了呢？

——一九八三年八月

＊編註：發表於《文季》一卷三期，一九八三年八月。

斑鳩

「咕，咕，咕——」

「咕，咕，咕——」，好久沒聽見斑鳩聲了。放慢腳步，尋找樹梢間，我想一睹睽違已久的斑鳩，然而，那聲音可能來自那所大宅院深處的幾棵大樹上吧，不管我怎麼渴望，卻只聞其聲，不見其影，然而，在我那早已模糊的記憶的角落裏，似乎依稀又浮顯出斑鳩撲動翅膀，猛地像子彈似地從樹叢裏飛向遠空的姿影，或停在樹梢上，眨著微紅的眼眶，有些膽怯而又可愛的、透明的小眼睛來啦。

十有餘年住在灰濛的高樓群立的密林——東京，那老陰沉著臉，像哭腫眼睛的老太婆的表情似的蒼穹，叫人對綠色老感到飢餓似的灰沉沉的城市，說真的，對於綠林和蒸騰著土地的溫馨的赤裸大地，我懷著濃的化不開的相思。……怎麼，這麼漫無邊際的胡思亂想著走路呢？

「咕，咕，咕——」

「咕，咕咕——咕——」

也許這一對斑鳩是在這清晨雙雙棲息在枝頭上溫柔地互訴著愛情的吧，不，不，昨夜一場大雪過後，也許在這白皚皚的銀世界裏，小斑鳩沖著母斑鳩在訴說著饑餓，而母斑鳩在安慰小斑鳩的吧，不，不，也許在這人和人擠得都快要叫人覺得人已不復存在的巨大城市裏，這一對斑鳩尋覓不到往日的伙伴而寂寞地哀鳴著的吧！「寂寞」，它像是從我踏著的積雪發出的「窸窸窣窣」的聲音裏滲出來，悄悄地溜進我空茫而又期待著什麼的心裏似的……。而這一大片白皚皚的雪地乃幻化成故鄉綠油油的野原——「回憶」攫住我不放了……。

「咕，咕，咕，咕，咕——」

「咕，咕，咕，咕，咕——」

我又一次聽見故鄉小山丘的樹林裏悠閒的斑鳩的鳴叫呢。是的，彷彿又一次徜徉在樹林裏，聆聽著那一聲聲若斷若續的叫聲，又一次看見或依偎在枝頭，或振翼奮飛，或一對對在草地上啄食著什麼跳來跳去，若隱若現的斑鳩啦！

「咕咕咕——婆婆打媳婦！」

「咕咕咕——婆婆打媳婦！」

自己邊玩兒著這個諧音，邊微笑著對我講了許多許多故事的溪泉伯的，那骨骼細小，個子矮矮有點像女性化的身影陡地浮顯於我的腦際啦。

溪泉伯這個裝滿滿肚子鄉野故事的漢子，是家鄉大姨婆的遠房親戚。我差不多跟他相處三年。那時，我家從屏東疏散到台南，由於屏東的住屋被炸個稀爛，美軍轟炸一天天轉為激烈，日本敗色日濃，戰事的謠諑四起，無法經營生意的父親迫不得已就舉家搬回故鄉的漁村了。說故鄉是漁村，卻又叫人覺得有些不合適。全村只有十分之一是靠海吃飯的，其餘的，不是經商，就是種地的。那一陣子，父親靠什麼來養家活口，我已不大確鑿啦。依稀記得他時而往屏東跑，時而又回來住一段日子。而我呢？搬回家鄉時，當初曾轉到台南的一所公立小學就讀了個把月，旋即因校舍被轟毀，也就整天價待在家裏，不是看小說，就是跟二叔公到海邊拖魚網，摸沙蟹子啦，看漁夫們划著竹筏出海打魚啦，或到村子東邊的田地釣青蛙啦，早已不上學啦，偶而，想念學校，就背上書包要到離家約六公里的學校去，一出門，卻又遇上空襲警報，便又得喘不過氣地跑回家。每當這樣的時候，母親就擔心得要命，一直走到村口廟前的大榕樹下等我，一看見我才像心上一塊石頭落了地似地說：「唉，叫你別上學，偏又要去，每天都拉警報，還上什麼學呢？萬一有了個三長兩短怎麼辦？上學不是為了要丟命的嘛！」這種情形反覆過幾次，我也就落得個心安理得，一直到台灣光復都沒上學了。就在這樣的環境下，我邂逅了溪泉伯。

溪泉伯是個老好人——雖然，有時候，難免叫我覺得有點狡黠，但。其狡黠並不損人利己，只是為了保護在別人看起來無足輕重的自己的存在，在這舉世混濁，將一己的幸福建築在別人的痛苦而恬不知恥的人世間，這還不夠善良嗎？我喜歡他，無他，理由就是這樣。因此，差不多，每天都跟著他跑東跑西的。

溪泉伯是一朵雲。因為大家僅僅知道他是我大姨婆的遠親，卻沒人確實知道他的身世，光知道他為糊口東飄西泊，五十開外啦，還無妻無子，孑然一身。你是知道的，漁村的人們的封建意識是根深蒂固的，年過五十而猶未成家跟人家一比是要矮人一大截的。因此，有些人們就把他當孩子看待，事實上，他矮小得像個在成長的過程中，由於某種意外的緣由而停止了成長的小大人。有時，他們拿他尋開心，沖著他說：「喂！溪泉伯，你這麼一把年紀還沒跟女人睡過覺，是吧！」或者：「咳！溪泉伯，你說無妻無子倒落得個輕鬆，但都五十了，晚上，還要打手槍？這還不打緊，往後，翹辮子，誰給你拿白幡？」周遭的人一聽到這類淫猥的打趣，便都哄笑起來，碰到這種場合，溪泉伯便把嘴唇抿得緊緊的，像緊閉住殼的蛤蜊似地不吭一聲，臉色發紅，而後轉青，一下子把心一橫似地瞪眼回嘴：「哼！你們這麼替人家著想，就讓你老婆跟老子睡覺啊，老子死了，就讓你來拿白幡！」說著，拚命要拉長他那矮矮的個子似地聳起肩膀，不屑一顧地走開了。然而他那單薄的身影是無力的，彷彿拖著一縷縷甩也甩不開的淒涼和孤苦，他吐出來的話，卻讓我感到一絲狡黠和無告的悲哀……有這種不愉快的事情，整天就看不到他的影子，並且一直到半夜裏，才帶著酒氣，回到他住著的大姨婆西廂的小房間，「砰」的一聲，關上門，這時，我大概都在東廂屋裏，躺在床上看著小說，很想過去跟他說幾句話，可又不知怎麼開口，自己也就感到莫名其妙的惆悵啦。

在村人的眼裏，溪泉伯只是個影子而已。平時，他默默地幫大姨婆家種地、割草、到魚塭（作者按：養魚池）照顧飼料、放水、撈魚、拖網、補網，樣樣雜事都幹得很勤快。他知道我喜歡抓魚，因此，每逢魚塭要撈魚時，一定喊我去。魚塭裏養著虱目魚、草蝦、草魚或者鰱魚，一想到要去抓魚，那晚上，我就睡不好覺啦，撈魚的時間都在魚還在半睡狀態，沒覓食的凌晨三、四點，我時常怕睡過頭，無法跟著去，但，溪泉伯似乎深懂我的心情，時間一到就來把我搖醒。於是我們就一起挑上簍筐，在滿天星斗閃爍著，磅礴著一層薄霧，涼幽幽而沁人心肺的，罕有人影的天空下，踏著因鹽分有點兒發白的路，趕向魚塭。當快到魚塭時，透過灰白的霧裏，看見幾個早已蹲在土堤的草寮旁吸著煙袋的長輩，他們當中，有兩個是住在草寮看魚塭的，養魚是一門大學問，水色、溫度、水量、魚的數目、飼料的份量……。這些工作不是門外漢一蹴可幾的，沒搞過好幾年，摸熟門檻的話，就是一個狀元，說不定還要因為一夜間，忽然，魚都翻著白肚子浮上來而摸不著頭腦，手足無措的。因此，對於兩位有著古銅色皮膚，寬肩膀，胳膊比球棒還粗的長輩，我是懷著一分敬畏之情的，但，卻不喜歡他們倆捉弄、訕笑溪泉伯，他們倆都很豪放，胸無城府，但，有一個共通點——都愛說粗話開玩笑。

「喲！老猴子帶個小孩來了！」一個嘻皮笑臉地說。

「哈！老猴子沒帶小孩上山，怎麼上魚塭來啦！」他們倆就這樣演相聲，逗弄溪泉伯，是一點也沒惡意的——我知道。但，這樣尋開心，戲謔溪泉伯，常使我對他們的敬畏，一下子變成厭惡和敵意，尤其，當我看見溪泉伯的嘴裏在霧裏撅得越來越高的時候！適才出門時，興高采烈的心情這就減了一大半。「回去，還是……」我心裏想著，但，結果，我還是跟溪泉伯一起行動的，何況他還特意喊我來的哩。

搞魚塭的事，溪泉伯不是個好手。他既不會游水，又不怎麼有勁。可是，無論一件工作拿手或不拿手，他總是盡力而為的。這，也許是不願叫人瞧不起，但，我想還是他的天性有以使然，「做一天和尚就得撞一天鐘」——他常這麼說，事實上，他就是那麼幹的。

魚塭上來的虱目魚，不用一刻鐘，魚販子馬上就一簍筐，一簍筐地拿自行車載走了。等工作完，天上也泛出魚肚白色，大夥兒就在草寮前邊的棚子下或抽煙，或談天，等著溪泉伯將剛才撈上的魚、草蝦，煮上一大鍋端上來，開飯了。晨風習習，吃著鮮美無比的魚蝦，喝著熱騰騰的湯，吃上幾碗飯，或虱目魚粥，看著從東邊冉冉爬上來的太陽，聽著流過長滿茅草的土堤下河溝拍岸的水浪聲，委實比在紫禁城裏吃著「滿漢全席」的菜，其實享受是有過而無不及的！

談到做菜，溪泉伯是最最拿手的啦！親戚朋友家裏，每逢請客或廟會，總是少不了溪泉伯的。叫來二個幫手的，他一下子就可以搞出十桌、二十桌全席菜，都是道道地地的。

有一年，剛逢家鄉五年一次的大廟會。父親早在兩個月前就請好溪泉伯當廚師。廟會的日子來了。院子裏擺上六張桌子，家鄉五年一次的廟會賽過過年，遠遠近近的親戚朋友。大概分中午，下午，晚上三次來吃飯，事實上是一整天都川流不息地請客，送走這一批客人，又來了一批，就這樣從中午一直吃，吃，吃到晚上十一點左右。有些親戚前兩天就來住著。因此，招待客人這等事就煞費周章了。溪泉伯差不多一個星期以前就開好菜單子，交代好該準備的材料，父母親似乎也早就拜託親朋忙個不亦樂乎的啦。那年剛好光復第一年，祖父被選為廟裏的老大，因此，家宅的大門兩旁懸掛著兩個繫在大毛竹上的紅燈籠，來客裏有許多是我都不知該怎麼稱呼的，但，工作最重的還得算溪泉伯了。他裏裏外外忙得團團轉，然而，有條不紊，煞像個身經百戰的大將軍指揮若定，這叫我暗自訝異著溪泉伯怎麼不當廚師卻要在大姨婆家打雜呢？許多打了牙祭的客人都異口同聲地說茶做得道地，比之大茶館都毫無遜色，有的還特地跑到廚房去給溪泉伯敬煙，要父親把溪泉伯介紹給他，說是要往後辦酒席時，請溪泉伯去，當然，聽見人家說茶好，父親就樂得喜滋滋的，馬上把溪泉伯給介紹了。溪泉伯呢？受到讚美和敬重而覺得光采，也就揚眉吐氣幹得更起勁啦。

我不是說過溪泉伯有滿肚子鄉野故事嗎？小時候，我挺愛聽故事。祖母和母親有工夫時，常給我們講些故事，可沒有溪泉伯那麼有聲有色，叫人著迷。

每當我跟著溪泉伯去幹什麼，一閑下手來，他就邊抽煙，邊講故事。對於講故事，他好像和做菜一樣充滿著熱情，這，只要看他講完一個接著又來一個，講得眉飛色舞，忘記時間就可以覺察出來的。如今，我已忘記他給我講的許多故事了。然而，至今猶未忘的，就是斑鳩的故事，他學著斑鳩鳴叫的聲音，那鳴叫聲種類可多哩。有斑鳩悠閑自在地棲在枝頭上休息的，有求愛的，有生氣爭吵的，有爭著啄食東西的，音色都不同，各具特色，不曉得溪泉伯的耳朵怎麼會那麼靈，而且學的那麼自然，活像斑鳩在叫呢？

「咕咕，咕——婆婆打媳婦」溪泉伯先學斑鳩的鳴叫，然後給我講了個很奇異的故事。他說斑鳩是年代久遠久遠的過去，一個被婆婆虐待，毒打，頤指氣使，被迫得和丈夫離開，終於憂鬱憤懣，一病不起而死的媳婦的化身，一直到現在，那個媳婦的怨氣未消，所以天氣變化，下雨或陰霾不開的日子，斑鳩總是在看不見的樹叢裏，哀切地鳴叫著：「咕咕，咕——婆婆打媳婦」的呢？我仍記得說完這故事時，溪泉伯的神情充滿著一種說不清是凄凉或迷惘，憤懣或痛心，但，那表情確實是異乎往常的。好奇心使我覺得：這故事是純屬杜撰的，不過，或者，也許跟溪泉伯的身世有點關聯吧？但，瞧著他那副表情總覺得不好刨根問底。對自己的身世，溪泉伯總絕口不談，諱莫如深的。只有過一次，大概他病了將近一個星期，我把母親熬好的藥湯端到他那裏，他似乎又感激又寂寞地：「唉，要是我兒子還在……」說了半截，卻又噤若寒蟬，這不經意漏出的，就是有關他家庭唯一的資料。

從那不久，我們搬到城市裏去了，一個星期天，因為要抱一條狗來養，我回家鄉時，才知道溪泉伯在我們離開家鄉後的半個月，也離開了大姨婆家，大姨婆嚼著檳榔，只回答我說：「誰知道他又到什麼地方呢！」這樁事已是四十多年的如煙往事了！

唉，昨夜一場大雪，凌晨，我獨自溜出去，漫無目的地賞雪？看著帶雪的樹木，忽然，聽見斑鳩的鳴叫，怎麼，忽然覺得一縷寂寞而又漫無邊際地憶起這些呢？

「咕，咕咕——咕」，斑鳩還在鳴叫，只是看不見影子，而溪泉伯呢！

啊！溪泉伯是一朵雲，也是那看不見影子的斑鳩的化身嗎？

回家路上，人生，流雲，鄉野，斑鳩，往事，想了很多很多……

到了家，舖著稿紙，我著手寫這篇散文。

——一九八四年二月十八日，凌晨於東京

——一九八四年二月二十五日，雪早晨再改

＊編註：發表於《文季》一卷六期，一九八四年三月。

寂寞——憶父親

五月令人慵倦的熱天裏，和尚和尼姑們誦讀經文的節奏帶著一種催眠的力量，聽著這種要把死者送往極樂世界的經文，也許各人都有不同的感受吧？但，我無心去揣摩平常會好奇地去思索的問題。我一無所思，一直凝神聆聽著那單調而抑揚頓挫井然有序地波動著的誦經聲。我竭力想從聽得的片言隻語，去理解那經文的意義，但差不多經過了一個小時，還是一無所得。這，使我有一點洩氣，也許人們就因為聽不懂、不了解，才把經文視如諸神垂憐、慈悲的聲音，這才五體投地，心生感激的吧。忽然，我轉而想起仰臥於棺材裏的父親，父親聽得見這些經文，了解這些經文，從而獲得安慰而靈魂會優遊西天嗎？也許父親只會覺得誦經琅琅的聲調，就像他老人家喝了幾盅酒，心血來潮，半閉著眼睛，吟誦著我不太欣賞的「雲淡風輕近午天，傍花隨流過前川……」這種千家詩吧？不，不，如今父親早已聽不見蜜蜂般單調的嗡嗡誦經聲，也看不見我這個不相信有前生和後世而跪在靈柩旁的兒子吧？現在對父親來說：人間的一切悲喜哀怨，一切喧囂都遠遠地離開了他，再也不與他發生關係了吧！

我不相信死後的世界，天堂和地獄，但我確確實實地明白：父親已不再以木訥的聲音向我寒問暖，不再以充滿溫馨的口氣問我：「你什麼時候再回來？」啊，父親和我已經人天遠隔了！我還能栩栩如生地感覺父親的謦欬，只是因為他仍然活在我的記憶裏而已……。誦經的聲音依然繚繞在我耳邊，我追憶著告別父親，漂泊異鄉十多年一去不再回的日子，想著想著，又想到搭飛機歸台，心急如焚地趕到寺院，面對早已躺在棺材裏一天半的父親時的景象了。我揭開棺材上罩住頭部的正方形玻璃蓋子，父親的臉一如往常睡覺時平靜的表情，只是聽不見幽微的呼吸聲。我定定地端詳著父親的臉，臉色似乎比平時變得紫黑了一點，不錯，那確實是我熟悉的臉，閉著眼，沉默不語，那沉默似乎凝固成一道牢不可破的牆，嚴峻地拒絕著我和他交流，不，那沉默是死者和生者無法打破的永恆的牆，可是，父親的表情卻好像只要我一呼喚，就會回答我似的。

「父さん！」，我低低地呼喚了他，然而，沉默凝固了周遭的空氣，凍結了我要再呼喚的聲音，這時我直覺而又強烈地領悟了「死亡」之於我的真實的感覺，大海一般無邊、廣大、又深邃的「空虛」沉甸甸地壓住了我，「死亡」以「空虛」讓我真切地感到它的存在！

和尚和尼姑們誦經的聲音依舊在我耳畔低徊，我想起約八個月前，回台，帶著一瓶白蘭地、一條香煙、一籃水果到市郊一家公立醫院探望父親的情況了。父親一看到我，就從病床上爬起身來，臉上掠過一縷驚喜和歡悅。走過去，我發現父親雙眼湛滿淚水，那模樣令我有點不知所措，自我懂事以來，記憶裏從未看過父親流過眼淚。我同父親招呼過後，他吩咐我把香煙和水果分給同房的病人，之後，我邊削蘋果皮，邊問他的病況，他只說胸腔老是感覺著壓迫感，夜裏睡不著。我說：「睡不著，可以喝幾盅酒，也許好睡一點。」可是，父親卻搖著頭說醫生禁止喝酒。這對於多喝幾盅才會促膝談心的父親來說，未免太殘酷了。父親似乎不像以往那麼倔強，是生病使得他變得如此，還是年齡有以使然？沒想到那次見面竟成永別！

父親是個十分木訥，不太愛說話，從不厲聲斥責過我們的。早晨一起床，他就泡茶、看報、給花草澆水、整理盆栽、端詳蝴蝶蘭和各種花卉綻開的情況。父親熱愛花草，愛弄盆栽，尤其別特別愛養白蝴蝶蘭，蒔花養蘭是他晚年的日課。除此之外，如果有朋友來，就一起在花園裏喝茶，傾聽朋友侃侃而談，或者留下朋友吃個便飯，或者淺酌幾盃才讓朋友回去。他也時常看各種繡像小說，如《三國演義》、《封神榜》、《東周列國志》、《水滸傳》以及《紅樓夢》、南管的歌詞等書，而這些書也讓我在初中時代餵飽眼睛，使我廢寢忘食過的。說來父親是個平凡地在自己的趣味裏，與世無爭，生活於自己的世界裏的，他活像山坳裏不為人所知的一株草花，然而，我喜歡父親！

火化場在市郊南邊，附近高低不平的小沙崙上有著大小不一，新舊不同的墳墓。父親的棺材被運入火化爐前的大廳裏空蕩蕩的，只擺著一張方桌。火化場的兩個工作人員驗訖火化許可證後，便迅速而又機械地將父親的遺像安置於方桌上香爐後面的中央，點上三炷香，給香爐添上香。青紫色煙一縷縷上昇著，隨後，消失著……。五月的艷陽睜著白茫茫的盲睛，一種懶散、慵倦的氣氛瀰漫在空氣中，一種焚化後幽微的屍味飄散在周遭。火化場上共有八個焚化爐，工作人員先把柴薪鋪滿於焚化爐裏，再把父親的棺槨安置於能移動的鐵架上，之後，就把棺材推入火化爐內，拉出鐵架，點上火，關上鐵門，這些動作既嫻熟而又井然有序。那些工作人員臉上毫無表情，彷彿他們本身便是這個大火化場架構的一部份零件似的。事實上，也由於他們駕輕就熟的動作，葬禮的最後工作才得以順利完成的。死者的世界還是構成活著的人們的工作之一部分呢。

當父親的棺槨被送進焚化爐裏面時，我走出大廳到事務所後面一棵大苦楝樹下彳立著，篩過葉子投影在地面上濃淡不一的光影像漾動著的清漣不斷地在變形，游移不定，注視著那些光影，我空洞的腦海上蕩漾著父親沉默的臉龐，「不能多住幾天嗎？」「什麼時候再回來？」我彷彿聽見這熟悉的細語，這一直讓我感到無比溫馨的關愛，此刻，讓我感到衷心的內疚與悲痛。啊，父親！我活了半個世紀以上才第一次真正領悟了徹心的「寂寞」以「死亡」的形象扎根在我的心底……。

——一九八五年三月

命運

有理性的人們誰會完全相信命運呢？然而問題是自信擁有堅強理性的人，往往會在某些情況下，理性的甲冑不堪一擊，理性的堤防一潰千里！如其不信？只消想一想：大焉者地球上兩次世界大戰，大量的殺戮，血流成河，仇恨根深蒂固，正證明著人類理性的脆弱，也充分地顯示出人類仍是動物的族類！這句話，並不就等於說我不屬於芸芸眾生裏之一。說真的，有時一種近乎絕望的感情會教人覺得人類是不可救藥的，不過，話又得說回來，人之所以為人，正因為人有最堅強的理想，也有潛伏在不可知的某處的獸性本能和最脆弱的感情，所以難免教人會去思索地球之外，說不定還有上帝、神仙、鬼怪，天堂和地獄，命運之類……。其實，人間世就是極樂世界和阿鼻地獄的兩位一體！

話似乎扯得太遠了。我剛才說什麼來著，對了，是「命運」，人覺得理性脆弱，於是乃有命運的說法。唱出「垓下歌」而自刎於烏江的項羽，可不是「力拔山兮氣蓋世」嗎？奈何而又撫劍喟然長嘆；「時不利兮騅不逝，騅不逝兮可奈何，虞兮虞兮奈若何？」呢？爭名利，爭權力的人們，其強梁，其毒辣，永遠教我悚然，永遠超越過我的想像，這，姑置勿論，還是拿名不見經傳的市井小人物來說吧。

每當走在街上，我們總會碰見穿街走巷的相命師，或者，相命館。閑來無事，攤開報紙時，或者會有諸如此類的廣告赫然映入眼裏，「麻衣神相」，「賽鐵口」，「囝仔仙」……名堂煩多，不勝枚記。要是拿「凡是存在的東西都有其存在的緣由和價值」這句話來看，人只要活著而有所謂生、老、病、死、惶惑……等現象。那麼，「相命」這個行業似乎也可算是個鐵飯碗。我自己並不喜歡那些相命的神仙們。這是個人的感情問題，也是「奈若何」的。因為我終究覺得那些以相命自許的神仙們，有點兒「信口雌黃」，太「善觀顏色」，我雖非衛道之士，但，私下覺得「巧言令色」者委實「鮮矣仁」的！然而，這也只是埋在心裏深處的感受罷了。

那是個風和日麗的午後，在大街拐角的亭仔腳上，有個相命仙擺著個小桌子，桌子上堆著幾本線裝書，真是古色古香的，而且，由於勤於翻閱的緣故吧，書角邊黑黑的手漬歷歷可見。桌子中央擺著個小香爐，插上一根點燃著的香，一縷青煙嬝嬝繚繞而上，消散於市聲匯成漩渦微顫著的空中，小桌子前面垂掛著一塊寫著大大小小的一行行墨痕淋漓，龍飛鳳舞的；「批流年」，「精通八卦」，「鐵口斷言」，「算命如神」還有什麼「哲學士某某某」等字樣，我沒全都看清楚，不過，那「哲學士」字樣，頓時惹起我的好奇，頗想一窺廬山真面目，也就走了過去。但見那位哲學士大人留著八字鬚，右手的小手指留著長得有點彎曲的指甲，約莫五十來歲，臉色微黃，卻有著一種習慣於思索什麼的儼然不可侵犯的神情，他正埋首看著線裝書，彷彿周遭的喧囂全然不入耳朵裏，超然物外。這時，有幾個婦孺停住腳，站在一旁，也許，她們深心都懷著自己無法擺脫的隱憂的吧？不，也許只是路過，跟我一樣帶著一絲好奇的吧？不過，這些對我來說並不重要，我有興趣的是眼前泰然自若地鎮坐在亭仔腳的神仙。他似乎稍微將頭抬起來，瞥了一下，旋即又低了頭，繼續在思索著，然而，他已經不像先前那麼全神貫注在書上了。說不定旁邊的婦孺們的視線干擾了他，少頃，他又抬起頭，看著站在右邊的中年婦女，輕輕地說了句什麼，他那從眼鏡底下往上看著的眼光，不露感情的神色，委實有一種會攫住傍徨不知所云者的自信。我離他約有十多米之遠。那個婦人終於跟他搭話，繼而伸出了右手，「哲學士」一隻手輕輕拿住她的手，另一隻手拿著放大鏡審視著她的手相，不一會兒擱下放大鏡，慢條斯理地說了幾句，她吃吃地笑著，彷彿在笑聲裏要掩飾住自己的動搖，大概是跟她一起的另一個婦人卻頗為認真地對她說了什麼話，好像是那句話觸動了她底心弦，頓時，她底臉嚴肅起來，又伸出了左手，「哲學士」看了一下，就拿起毛筆來，在紙上一邊寫著字，一邊解釋著，那個婦人傾聽著，頻頻點頭，插上幾句話而又表現出，時而高興，時而憂戚詢問的神情，「哲學士」挺起上半身，目光炯炯地凝視著她，一句一句帶著斬釘截鐵地神氣回答著，另一個婦人在一旁似乎比被相著命的婦人更加精神專注地看著，聽著……就這樣，約莫十多分鐘，兩個婦人都相完命，付了錢，帶著似乎得到某種啟示的欣慰，又有點意猶未盡的神情，互相說著什麼走開了。而「哲學士」呢？彷彿講完一課人生的大哲理，頗為滿足地又低著頭看著線裝書啦。當那兩個婦人走過我身旁時，那個先給相命的女人說：「他說得有八成是對的。壞命就是名字不好，所以我得改個名才能改運氣」，另一個答道：「是啦，我先就叫妳給相命仙看看，不要老是自己想這樣也不是，那樣也不是，吃苦，他算我的運氣也挺準的，說我跟我丈夫合不來是八字上犯沖，得改個運才好。過幾天，我要去天公廟許個願，看看能不能改一下……」聽見這些話，我底好奇心更加熾熱起來，走進幾米仔細地看了那塊紅布，除了「哲學士」字樣，還有「福星居士掌相家」的橫字，加著對聯：「八卦能通天地理」，「萬事總在誠者靈」，紅布的下半，另外寫著：姓名學，三世書，另有「最怕改壞名」，「不怕生壞命」的對句，原來這位「哲學士」不獨是個掌相家，還是個姓名學家呢！難怪十幾分鐘，就會教平時這些節儉吃的、穿的婦人，心甘意願地掏出束得緊緊的腰包了！

當我看完這一場人間喜劇後，適才的好奇心已經饜足，打算走開時，有一個二十多歲的年輕小伙子急乎乎地跟我擦身而過，他剛走到相命攤的時候，正好「哲學士」抬起頭來，一看那年輕人就站起來，招手說：「喂！少年的，我給你看個命，很重要的，不準不要錢。」年輕人被這突如其來的招呼，霎時，訝異地站住，說，「媽的！相什麼命？」，哲學士一本正經地說：「我看你，天庭有凶氣，你會犯官府！來，我給你指點怎樣避凶趨吉！」年輕人一聽，頓時，刷下臉來：「你媽的，老子剛去討債，反受一肚子氣，現在你又亂講什麼！」

「唉，少年的，不看命就算，怎麼氣洶洶罵人呢！」

「罵你就罵你！怕什麼！幹你娘！你要把我怎樣！」

「少年囝仔，怎麼無道理，亂來！」

「亂來就亂來，跟你有什麼相關！」年輕人說完，一個箭步衝上去攫住哲學士的領口，「哲學士」揚起手中的放大鏡要打他的手，說時遲，那時快，年輕人一腳踢上「哲學士」的腹部。

「唉喲！」一聲，「哲學士」手中的放大鏡「吭啷」掉在地上隨著人要倒地時打翻了相命攤，香爐「骨碌碌」地滾去數米遠，他倒地不起了！眼睛向上翻，抽搐著手腳，口吐白沫。

「打架了！」不知誰大聲喊叫起來。霎時周遭的人聚集，人聲嘈雜，鬧成一大片。年輕人看出闖下大禍，木然地楞立著。

「唉啊！死去啦！死去啦」，亢奮的聲音令四周的喧嘩聲一下凝固，旋即有人狠狠地說：「可惡！一句話不合就打死人，無法無天！禽獸！畜生！」

「叫警察來！」

「警察」「打死人」這幾句話，頃刻間，似乎讓年輕人模糊地意識到自己的命運了，但，他仍然，失神似地呆立在那裏，一動也不動。

警察大人迅速地來了。「大家走開，不要動現場，」兩個警察當中的一個邊喊，邊推看熱鬧的。另一個警察提高嗓門，聲色俱厲地喝道：「誰打死人的。」

「他！站在那裏的年輕人！」幾個看熱鬧的齊聲回答。警察應聲回轉身，跳過去，一把抓住依舊呆立在那裏的年輕人。「卡嚓」扣上了手銬。對於這樣的案子，我們的警察向來是會迅雷不及掩耳地破案的。

看著被雙手帶上手銬的年輕人，看著鬧騰騰的，彷彿給死池裏沉悶的生活裏揚起一池漣漪的被無聲的亢奮拉進忘我之境的一群人，我悄悄地走開了。

「唉！命運，」我不覺嘟喃著，默默地咀嚼著「命運」這個詞。

想來，確實是神算如仙的。那位「哲學士」算對了年輕人犯了官符，卻推算不了自己卻會是一腳殞命的，這也是命數使然的吧！

「唉！命運！」我邊嘟喃著，邊走著路，到底是人自己的行為造成「命運」，還是「命運」左右著人底行動和意識呢？

「唉！人生，命運……」

「這就是人生，確確實實的人生。」我對自己這麼說。

這是個風和日麗的午後，不變的，還是風和日麗的午後……。

——一九八四年十二月二十六日、夜三時新嘉坡旅次

＊編註：發表於《文季》二卷五期，一九八五年六月。

電動馬

百貨公司玩具部裏面、門口，擠著一大批小國民。

小國民們都各自在吸引住自己的玩具面前或注視，或玩弄著，精神貫注，熱情而忘我。

「玩具是孩子的生命……」

我這麼說並非故作驚人之語，也不是標新立異，要把孩子捧上天。興許我們大人早已淡忘自己在稚齡時，曾為一件深愛的玩具，輾轉難寐，夢魂縈繞的事吧。

人雖然由於所生的，所賴以成長的生活環境不同，而其日後的興趣、志向、生活態度有所不同，但在孩提時代對玩具所表現的熱情，古今中外都是大同小異的。暫且不說小孩子們對玩具如何，你只消看一下小姐、婦人們在櫥窗前駐步凝視，久久不離去，或在化妝品櫃台前，挑三撿四，忘記駸駸而逝的時間的模樣，便不難下個定論：大人尚且如此，何況小國民！那麼，至少你會肯定：對小孩子來說，玩具是一種不可或缺的鹽吧。說來這種理解是大人對孩子應有的態度，深邃的愛心。

當我掃視著玩具店門裏門外的孩子，思索著這種漫無邊際的問題時，玩具店門口一排三匹電動馬空出了兩個空位。哎呀，這些小傢伙真夠厲害，真夠活潑輕捷，說時遲，那時快，等在前邊的孩子，以令人不能相信的速度衝了上去，四、五個孩子當中的兩個 勇敢的小英雄便搶上了座位，面露歡欣得意之色，喜滋滋地坐在馬背上了。

我感到泉湧般的興趣，打定主意要花一點時間來研究一下小英雄們的搶奪戰。不一會又空出了一個座位。

「快！快去搶！」

我的身邊響起一個婦女帶點鼓舞、督促、興奮的聲音。側過頭，我看見那個女人正以右手推動自己孩子的後背。那孩子順勢向前奔去，踉蹌了一下，差點沒跌倒，這時倏然，從那踉蹌了的孩子右邊竄出一個似乎大一點孩子。他右手揪住馬的耳朵，以左胳膊擋住被母親推上來的孩子，一腳跨上了馬背，其快速，真令人瞠目結舌哩。那被擋駕的孩子，剎時，愣在那裏，接著垂頭喪氣地走回母親身旁。

「啪！」

一個巴掌響在孩子的後腦勺。

「沒路用，搶都搶輸人！」

孩子的臉在母親慍怒的吼聲裏，由沮喪轉為畏怯，再轉而為似乎自慚和認命的悲苦……。

哎！真的，那一巴掌彷彿打在我的頭上。

我看了看旁邊那個無知的可悲的母親。

我又看了看母親身旁畏縮得無以復加，默默無語，叫人心痛的孩子。

我環視周遭，腦際又浮現起適才的一場爭奪戰。

周遭既熱鬧又繁華，是的，繁榮得令人覺得悲哀、絕望。

這是個大人教小孩子搶的世界。

這是個搶得到什麼算什麼的世界。

啊，啊，搶的世界。

我的心沉落於這白晝的黑暗中，迷失了方向，四面八方都是黑暗的深淵……。

但，我卻發覺自己站立在人、車熙來攘往的、白晝的大街上，孤獨的……。

我不知將往何處去！

——一九九〇年二月二十六日晨於東京

*編註：發表於《新地文學》一卷二期，一九九〇年六月五日。

異鄉

他懷疑自己的眼睛。

眼前這一片頹敗、齷齪的景象，竟是自己少年時的故鄉。

從大路通往老家旁門的巷路變得如此其窄而又如此其髒。巷口的一眼井沒有了。

老家前面約有六分地大的廣場也消失了。如今蓋起一幢二層樓的住屋氣工廠。工廠開動機器就像開足引擎停在那裏不動的汽車，發出要把人的腦漿震盪得　濺出來的聲響。

老家左右的空地全都橫七豎八地擠著鋼骨水泥的小樓房，或磚瓦平屋。家家戶戶的屋前屋後，旁邊，無一處不堆放著大大小小的廢五金堆。家家的院子裏，大廳內擺著裝滿撿好要燒的小桶、大桶的廢五金。

空氣滯留不動，磅礴著刺鼻的污毒，劇臭。

海灘呢？

昔日沿著海岸線宛如一條綠帶蜿蜒一直伸向看不到的老遠老遠地方的木麻黃防風林帶，如今已如被剪的斷帶，有一段，沒一段的。

小沙丘的林藤和蘆葦呢？處處是燒得焦黑的死屍，慘不忍睹。

海灘上沒有拖網的人群，沒有孩子們追波嬉笑的歡叫，沒有竹筏，沒有魚網，沒有漁人守夜的小茅屋。

林藤邊，小沙丘邊，海灘上，只有髒兮兮，黑鬱鬱的燒過的廢五金垃圾。只有嗚咽的波浪拍打岸旁，哭唱著輓歌。

啊！輓歌，是的，海洋為他的故鄉哭泣的輓歌！

死去的清澄的海水喲，
死去的二層行溪的河神喲，
死去的貝蛤、魚蝦喲，
死去的天空，
死去的空氣，
垂死的土地喲——啊，垂死的故鄉！
他愣立在海灘上，許久，許久……
他愣立在海灘上，想得很多，很多……

他把無語可告的嘴緊閉著、憤怒的雙拳舉向瀰滿戴奧辛的天空！
在自己的故鄉，他卻成了一個異鄉人！

——一九九〇年二月二十六日晨於東京

＊編註：發表於《新地文學》一卷二期，一九九〇年六月。

批示症

他曾經是個國家的權柄在握，攪動政局、穩定政局，舉足輕重的大人物。如今卻在一場政局板蕩，政權轉移中敗下陣來，落得靠邊站，只保持一個虛位。

他覺得自己一下子比別人矮了一截，充滿熱力的生命的火焰似乎行將熄滅了。生活雖然優渥如故，但大眾傳播上失去了自己的發言，自己的照片，周圍呢？胳臂扭不過大腿，客走茶冷，門庭已不若市，這些，在他心靈深處釀造著濃釅釅的寂寞之酒，這寂寞之酒使他覺得一切變得虛無之極。縱橫捭闔的日子，一去不復回了。

每天，他眉頭深鎖，落落寡歡，脾氣越發古怪起來。這樣的日子過了約半個月。有一天，他家的女傭人要去買菜之前，循例為他端了一杯上好的茶，然後，敬而遠之地想要走出客廳。

「慢著，你上哪兒去？」他忽然異乎往日地喊住女傭人，並且以異樣的眼光盯著她。

「買菜啦！」女傭人慌了手腳說。

「買菜？沒有我准許，怎樣要買菜！」

「每天都要去買的呀？」

「什麼每天不每天的，把要買的列成單子拿來，快去拿來，我要看看！」

「是，是的。」女傭彷彿挨了一棍似地下去了。

「造反，簡直是造反，沒有我批准，怎麼可以隨便做事呢？簡直毫無秩序、簡直變天了！」

這憤怒的聲音追在女傭落荒而逃的屁股後頭。

女主人帶著畏畏縮縮的女傭人出現了。

「你怎麼忽然想出這麼新鮮的玩意兒來了呢？不過，你覺得好玩的話，不妨看看，喏，我給你拿單子來啦。」女主人以為自己的丈夫也許太閒了，想到這個玩意兒要逗她們玩，開玩笑的，女主人說著交給他菜單子，微笑著。

他接了自己的妻子遞給他的菜單子，迅速地掃視了一下，便鄭重其事地從西裝的內口袋裏掏出派克金筆，又熟練又很氣派地在單子上寫了「照准」兩個大字，又颼颼地簽上一直令他自己覺得又陶醉又藝術的自己的名字。手一揮說：「去！」就再也不看眼前的兩個女人，沉默著踱回自己的房間去了。留下兩個發楞的女人。

約莫又過了十天，女主人對望著窗外發呆的丈夫說：「我想去百貨公司買點東西，馬上回來。」

「把採購單拿來，我看看。」

「什麼採購單！」他的妻子大惑不解。

「沒有採購三聯單，沒有批准，不能買。」他斬釘截鐵地一字一字慢條斯理，咬清字音的說。一聽，他妻子氣得半天說不出話來，悻悻然的，踅轉回去，「格咚」從她的房間傳來關門的大聲響。他蹙了一下眉，睜大怒目像在思索什麼，不吭氣。

又過了一個星期，他在大書桌上埋首疾寫著什麼。他妻子帶著柔美的微笑走過去：「寫的什麼呀？明天有什麼朋友要來家裏打牌。」

他還是頭也不抬的寫著，她繞過大書桌走到他身邊，俯身一看，一張張公文紙盡寫著：「照准」「暫緩議」「再擬定詳細計畫，會同有關單位協商辦理」「未便照准」等等批示。這一看，可叫女主人目瞪口呆了。

「你到底怎麼啦？寫這些東西！」

「打牌一事，要照程序填好計畫呈報上來，未經正式手續礙難照准。」他頭也不抬地說。

「這，這是怎麼一回事嘛！」女主人使勁搖了搖他的肩膀，聲音因疑懼、惶惑而發顫著，然而，他卻睜著陌生人的目光盯著他。

第二天，女主人把他帶到專治政黨要人的國立醫院。

大夫是留美的精神科主治醫師。主治醫師聽了女主人傾訴他半個多月來的異常的言行。之後，恭敬地，帶著職業性的口氣說：「噢，是這樣，請別耽心，不會有什麼問題的。讓我先跟長官談談，看看情況。」

醫師讓他舒舒服服地躺在一張法國床上，把燈光弄得無比柔美。約莫經過一個半小時，請他坐在大沙發上讓他歇息，自己就在桌上密密麻麻寫著病歷卡。

他突然站起，破口大罵：「你們這些混蛋，連寫報告都不經過我的批示，不按規定辦事，亂搞！你們這些昏頭昏腦的，所有的事都叫你們一批人搞壞了！」

這一頓臭罵，把醫師弄得沒了主意，忙不迭的說：「是，是，長官說的是！」「把報告轉呈上來，批示！」他高聲怒吼著。

經由一群精神科醫師討論，斷定其病症就是「批示症」，據說目前在這家國立醫院的精神病房裏住著不少這種病患的大人物。

＊編註：發表於《新地文學》一卷三期，一九九〇年八月五日。

守靈

當我從東京飛抵台灣，又從桃園機場趕到台南那座寺院時，七十七歲的母親早已不能言語了。病魔把她吞噬得雙頰削瘦，臉龐透著灰白。整天都以氧氣罩呼吸著。她似乎還有呼吸，鼻翼猶然微微翕動，但，死亡卻悄悄地在她那不能動彈的身上顯出形象來了。那情景既叫人痛心，卻又有一種奇異的寧靜。她好像正安祥地睡著呢！這真是生命正在死亡邊緣掙扎的時辰嗎？如此文靜而又柔和？

昏黃的孤燈下，母親像一尊等身大的雕像躺著，一動不動。我請別人都回去，今夜讓我獨自陪伴她。昏黃的燈光下，她合著雙眼。呼吸極微弱，但均勻，就像往常睡覺一般。我握住她的手，把嘴移近她的耳畔囁嚅說：「阿娘！我回來啦。回答我，請睜開眼睛看看我呀！」但，一切多麼寂靜！凝固了寂靜。只有門外，草叢裏冬天的草蟲唧唧唧地哀吟著……。我將臉貼在她臉上，極力抑住眼淚，幾乎迷信地感到一種疑懼：要是自己的淚水掉在母親臉上，就會永遠喚不醒她，永遠失去她。這遽然而來的迷惑和畏懼，似乎攫住我，卻又使我對自己憤懣。

我一隻手握住母親的手，一隻手輕輕撫摸著她的臉頰，不斷地說：「我回來啦！」。可是，她一直閉著眼睛，彷彿不願意再看到這世界。她一直閉著嘴，彷彿不願意再對任何人說話。冷靜的沉默在我的心上結冰，凝固在整個房間。此刻，我真願以生命換取往常母親常對我說：「你回來啦！」這句話。我多麼渴望她像往常一樣含著微笑以無限慈祥的眼光，看著我說：「你回來啦！」但什麼聲音也沒有，只有沉默！凌晨兩點十分，僅有的鼻息都沒有了。生命之火就這樣熄滅，多麼容易啊！這就是死亡嗎？所謂「死亡」便是以這種永恆的沉默顯現嗎？「撒手西歸」——說的就是這樣的嗎？就是這麼無聲無息，無有一句叮嚀，無有一句告別！

……

「到我那裏去吧，死者不復生，再想也沒有用的。」從屏東來的姑丈夫婦對我說。我默默地坐上他的汽車。

在姑丈家裏住下，打算明晨一早回去。卻怎麼也無法入眠，我便決意趕最後一班夜車回台南。當我敲打一個朋友的家門時，已是午夜了。朋友夫婦帶著悲戚的神情，為我準備了舖蓋，我和衣躺到床上便睡著了。但兩點許，一醒就又無法入睡，於是爬起來，悄悄打開門走了。

夜寒料峭，滿天星斗，仰望著星星，腦子裏空空蕩蕩的。我又走到那家寺院了。寺院緊閉著鐵門，萬籟俱寂，只亮著一盞長明燈。不能叫門，但，「要進去」這個強烈的意念在我腦子裏閃著，我縱身翻過寺院的高牆，躡手躡腳溜進了寺院裏。安置母親棺木的廳堂虛掩著門，沒有人，我閃進去，點上一枝粗大的香，給香爐添滿香料，坐在大藤椅上。森森的廳堂磅礴著一股棺材新油漆的香味。我定定地凝望著眼前的棺木，大腦像動手術被拿掉似的，無法思索，就這樣子過了好一段空洞的時間……。

已油漆過三次的棺木中睡著我的母親，是的，唯一的真實，就是永遠封閉的棺木裏，睡著那無論什麼時候都帶著慈祥的眼光和微笑撫慰過我，總是以簡短的「你回來啦！」這一句話溫暖過我深心的母親！啊，母親！您真的永遠走了？當您彌留時，是否聽見我在您耳畔喊的「我回來啦」這句話？把頭埋在棺木上，這十多年來，早已忘記自己還有眼淚的淚水不住潸潸流了下來，濡濕了棺木模糊了周遭。是的，現在周遭闃寂無人，我可以像孩提時，以淚水洗滌自己的痛苦——但，母親，我的眼淚可曾溫暖過您，給過您一絲安慰嗎？不，不，就像孩子的時候一般，我的眼淚只淨化了自己的委屈、痛苦、悲哀，卻總是帶給您深心的憂戚的。如今，還是一樣的，悔恨與愧疚，使我不能原諒自己。我多麼自私啊！連您死了，還帶給您憂煩！

我帶著放大的母親遺像，又像一隻候鳥飛回異國了。

此刻是天將亮之前，最冷寂的深夜。我在沈甸甸的回憶裏，清醒著，愧疚、思慕之淚，閃亮在我的心底：「媽，我回來啦。」母親！您在那裏？您可曾聽見我嗎？

——一九八五年七月十四日夜
——一九九〇年八月二十七日夜定稿

＊編註：發表於《新地文學》一卷五期，一九九〇年十二月五日。

墳塋

春天的一日，我上山去拜墓，為要拜一下把安奉於寺院的寶塔裏好幾年的父親重葬的新墳。雜樹林和竹篁微微地搖晃著、山陵的綠波反射著陽光顯出一片柔絲、宛若在沉思、在絮語。汽車驅馳在高高低低、彎彎曲曲不寬闊的山道上。遠遠近近、時而顯出在山腰或溪谷旁的點點農家，不知哪裏傳來牛哞哞叫的聲音，午後的靜謐中飄溢著一種誘人的寂寥。

我只能在寒暑假從東京回台時才去拜墓，所以記不清楚確鑿的路線。汽車開錯幾次路，好不容易才找上，墳塋就在山坡路向右拐的小山頂上，以鐵絲網圍著，周遭的雜樹林爬滿不知名的藤蔓，間有一叢叢翠綠的竹篁，在從小山壑吹上來的風裏竹葉沙沙作響，還聽見春鶯和山鳩時遠時近的鳴叫聲……。

我和妻拔除雜草，將四周的落葉掃在一起，倒在竹根邊，把幾樣水果、幾束花，分別供奉在墳前和土地公前，燃上一把香，焚化了金銀紙箔。這些該做的事都是開車送我去的C老弟教我的。我按照其吩咐做著，忽然想到自己雙腳都踹進墳墓一半的年齡了，卻從未自動地點過一次香、燒過金銀紙箱，現在在雙親的墓前，不知怎地第一次打從心靈深處感到內疚。

我點上一支菸抽著，看著嬝嬝上升而又飄散的線香淡紫的煙和呼呼地燃燒著的紙箔的紫黑煙捲流著……，目光移到父親的墓碑上時，發覺刻在那碑石上的幾行大小不一的字，其稜角都比刻在母親墓碑上的深而顯明。雕鑿墓碑的人個性不同，刻出來的字會有所不同，是不言而喻的。但是，那不同的字體，卻叫我清晰地意識到生前截然不同的雙親的個性。當然在時間上，母親受到較長的風化的墓碑上的文字稜角較少，是可以理解的。但，在我心版上驀然浮出沉默寡言、木訥的父親和溫煦的慈祥的母親的面影。那是我自小便熟悉的。

母親逝世時，父親便預定自己也要葬在母親墓旁。他備妥一切，其墓碑上只書寫一個「壽」字。為什麼年輕時不迷信的父親在我母親逝世時，卻變得如此在意於風水？他請風水先生找了幾次才決定把母親和自己要葬埋的小山。父母親臨終時，我都趕不及從東京回來。據家人說父親臨終時，卻又說不用土葬，火化也無不可。原因是地理師說：父親預定的墓地與他死時要埋葬的時間沖犯母親，如若要埋就要頭腳與母親相反，否則要等幾年後，看最好的時辰才埋葬。我是不相信這種鬼話的。然而我不是父親唯一的兒子，不能獨自決定，所以多數決定就把父親焚化後，擇日重新埋葬。於是父親火化後便把骨灰供奉於竹溪寺的靈塔了。之後，經過了好幾年，父親才能如願以償地與母親並排安眠於九泉之下了。

看著看著野草猶未長滿的新墳，活過八十五個年頭的父親的面影浮上了我的眼前，記憶深處的身影宛如走馬燈繞著我的腦海奔馳著，我似又聽見父親習慣的咳嗽聲，他老人家彷彿微低著白頭在深思，在向我微語，瞬間，一切又復歸於空無。

啊，人到底是什麼呢？是為了存在才存在著，抑或，為了有一天要復歸於無存在著的呢？人，活著的時候，無時無刻得忍受那不知來自何處的生之矢石、日日夜夜又不能不畏懼為死之網罟所圍捕，而在死後還逃脫不了因襲的緊箍咒，真正的安息在哪裏？

沙沙發響的竹葉聲使我猛地醒來，環視四圍，煦陽下，沉默的綠色山丘、樹林、竹藪仍在眼前，流雲的和我的陰影交映在無心的大地上，一切都那麼不經人為的安排，卻又無一不自然……。一切都順其自然吧，你不用想的太多——我對自己如此說。

安息吧，我懷念的父母親，您倆不會寂寞的。我願自己死後火化，一半的骨灰撒在您倆的墳邊，另一半撒在故鄉的海上，生死聽其自然，我是不想要墳墓的。

——一九九二年四月二十九日

春天遠簡

我聽到春天的聲音，悄然地走來的，幾乎聽不見的。它似乎在我耳邊，不，是響在我心上、幽微的……。

我聽見草在發芽的，幾乎聽不見的，響在地底下，要衝破冬天凍硬的土地的聲音。

我感到蟄伏了一季的田雞在蠕動，沉默了一季的春雷正蓄滿力量，要喚醒沉睡的大地和一切生命。

沉默的山、岩石、溪流都在細語……它們開始要歌唱，歌唱屬自己的歌，一切大自然都在動，都在呼喚生命，都在呼喚自由，也在呼喚我！

我走到沙漠，平沙無垠。沒有飛鳥，沒有樹木、花草、人煙……只有藍得出奇而令簡人暈眩的藍天，無邊的藍天亮麗地閃耀著，時間靜止，感覺不到一絲生命的氣息。

我走著，不停地走著。

艾略特的詩句，委實是值得咀嚼的。據說艾略特也領悟佛教的輪迴思想。從上面詩句來推想，即可明白並非偶然的。生與死是時間的軌跡上永遠不能固定的出發點，也是終點，也許更直截了當地說；生與死即是互相矛盾對立的統一吧。

「未知生，焉知死？」不錯，在人的生活中生與死是有著同等的重量的，是無法偏頗任何一方的。人活著，再沒有比能夠隨心所欲地活著，毫無眷戀地死去更理想的啦。問題即在於怎樣才能那樣打發自己的生命吧。

今夜，朦朧的春空只綴著幾許星星，凝視著它卻凝聚不了飄漫的思緒。我彷彿聽見哈姆雷特呻吟的聲音……。

——一九九二年五月十三日　東京

夢

夢是什麼？夢就是鹽，為要活下去所需要的鹽。有夢的日子是痛苦的，但，沒有夢的日子就更痛苦。為什麼呢？因為沒有夢，一切都是虛無與時間而已。

登山家要爬山。為什麼？沒有別的，只因為眼前有山。山在呼喚，在招手，無日無夜的，所以登山家就爬山。有夢，所以活在追求夢之中。是以夢是要活下去不可或缺的鹽。

人都各有其不同的夢，因而有不同的生活方式。夢是會變的，因活著的各時期而變。那就是人生的變化，變化即是成長。正如遷移的四季，人生也會變，這就是生活，也就是活著的人的歷史吧。活著的人各有其不同的歷史。是以夢也是不同的。

不能想像忘記唱歌的金絲雀——與此同理，怎能想像人活著而沒有夢呢！人活著而沒有夢是等於沒有活著的。我們之所以不能不擁抱著夢，原因在此。只要活著，人就得懷抱著自己的夢追求生活，踽踽獨行人生之路。

生與死與夢——三位一體，也許要活過這三位一體就是人生吧。人生有限而夢無限。生之路無限多，無限地遙遠。這許是一種歡愉，同時也是一種痛苦吧。生的歡悅因文苦而更深、更濃。我們就在那深壑之中，不管何時，不管到哪裏都要走著，在有生之日。

對於不斷地在成長的人來說，喜悅、悲哀、痛苦都同樣的重要。沒有嘗盡它怎能了解人生的醍醐？

你要走呀、默默地！

——一九九一年十二月十八日

＊編註：發表於《文學台灣》九期，一九九四年一月五日。

雪夜

昨夜下的雨從午夜到凌晨之中變成雪了。好久沒下雪了。

對北國的人來說漫長的冬天的雪該是難捱的吧。清掃雪自是很重的勞動，而刺骨之寒也給日常生活太多的不方便也是不爭的事實。然而對南國的人來說：雪是一種憧憬、一種夢。直到現在，我仍忘不了第一次看見雪的感動。我一直看著窗外無聲地飄落著的雪花到半夜，凌晨，天未大亮便跳出住宿的房間。踏著雪白的雪，我漫無目地的，一直徘徊著。頭腦因寒冷沁透肺腑而清醒，寒冷的空氣格外的清新。接觸到這種在常夏之島——台灣從來沒有接觸過的新鮮的、奇異的、令人陶醉的感觸，委實震顫了我整個精神，而自那第一次接觸到雪，在日本一晃便打發走了二十多年歲月。初次看到雪的感動似乎逐漸淡忘下去了。人在日常生活中新鮮的感動會麻痺是無可奈何的事實吧。要是這種情況對自己的生活與社會是沒有關係的、沒有影響的話，是無所謂的，要是有影響，我想人在生活中應該常常保持新鮮的感動才對的。然而，事實上，人恆常是越生活越見怪不怪——麻木了自己的。你要永遠保持新鮮的感動，否則你將變得麻木不仁、俗不可耐——我常自己對自己說。

人生並不是對一切事情都要正襟危坐，每天挺著肩膀生活的。不過，對於會損害生活的意義和真實的事情，如果喪失了敏銳的感性和感動、那一定是可悲的。若然，人是不能不保持一種清醒、柔軟而敏感的心靈的，我想。

傍晚時分雪霽，變成小雨了。眺望著薄暗的夜天，我漫無休止地在心裏描畫著故鄉的一草一木。台灣正以現代化和進步的美名之下加速度地破壞著大自然。我想：不能感受大自然的呼吸及其美的人，到底是什麼樣的人呢？當然，要活下去，物質是需要的。然而貪婪的心追求的物質，超過生活所需而以之炫耀自己的物質、對人、對人生是什麼？以豐贍的心靈和物質交換而獲得的生活是多麼空虛！

啊！但願雪白的雪覆蓋住因物質欲望而發黑的大地！永永遠遠！

——一九九一年十二月廿七日

＊編註：發表於《文學台灣》九期，一九九四年一月五日。

北風

臘月越近北風越緊，是侵人的冷。時間和往常一樣，周遭卻有一種匆忙。這種感覺之所由來，是否因為沒有一己的堅定的生活理念使然的？如此一想，不知怎地就感到一縷縷寂寞在心頭了。

來到日本已快四分之一世紀了。好像什麼也沒改變，其實變得多了。自己的父母已然入了鬼籍、女兒已為人之母，兒子羽毛矯健已振翼離巢，家裏剩下的只有我與妻子了。思之，怎能沒有隔世之感！

對人生來說：會有多少次四分之一世紀呢？為我留下的還有多少時間？往後該怎麼生活——不能不思索，然而，思索和現實生活是融合無間的嗎？這是個問題。生活的理念和現實是有一段距離的。如何去縮短這一距離就是生活，就是追趕時間，就是燃燒生命。不能不在矛盾裏活著，這就是生命的真實。巴斯噶說：「人是一根會思索的蘆葦」，這句話就是說人是會思考的動物，雖然脆弱如一根微不足道的蘆葦。但能思考，根據思考去生活，去走自己的路，去搓揉出自己的人生，生命的價值即在於此。李白說的「人生不滿百，常懷千歲憂」，想來箇中道理也是一樣的吧。

北風越緊思緒越深，我低低地對自己說：「你要好好兒思考，要好好兒生活」。

——一九九一年八月十六日於東京

＊編註：發表於《文學台灣》九期，一九九四年一月五日。

蟬

走在公園裏，不知從樹木的哪裏，傳來蟬叫的哎哎！哎哎哎！哎！哎！哎！這，彷彿絞盡一切力量的、尖銳、高昂的聲音，我不由得抬起頭來環顧四圍，但卻甚麼也看不見。倏然，我想：啊，已經六月，初夏了。

從日本搬回故鄉，第二次迎接夏天。去年也應該過了夏天的，卻差不多都沒有意識到它，到底為什麼呢？我在心裏納悶著。大概是離開了故鄉二十多年，沒辦法馬上適應環境，沒有悠閒的心情來感覺季節的嬗遞，有以使然吧？現在已經過了一年，才有點能適應環境似的。我不能不深深地感到環境給予人深遠的影響了。人是環境的動物，同時，人之所以為人，就在能夠適應、克服和創造屬於自己的環境。

日本的夏天是短暫的，太陽也不那麼強，因而，我非常懷念故鄉強烈的咬人的陽光，也許人一生下來就避免不了誕生地的風土的緣故吧。

踱過樹木間的風很是清爽，也讓人感到蓬勃的綠的生命強勁的氣息和節奏。我自小孩子的時候，每到夏天都會感覺到季節的聲息和磅礴大地上的氣味。現在我正感覺到它，啊，我是在故鄉，不錯，我的腳確確實實地踏在故鄉的土地上！這種實感盈溢在我的胸臆裏，讓我感到生命的充實和意義。

吱吱！吱吱吱！吱吱！那是衝破心胸的憂鬱的呻吟，還是沖天的生命的謳歌？這強烈而又熱切的叫聲，我是難以忘懷的，它會為我唱過童年之夢。這是故鄉的蟬生命的歌。

——一九九四年六月

走不完的路

當我被通知獲得「第二屆府城文學特殊貢獻獎」，要寫一篇得獎感言，或編一份寫作年表時，著實惶惑了一陣，因為我這輩子從來沒有為要得什麼獎寫過東西，也從未有過要寫自己的年表之念頭。話雖如此，如果說得獎一點也不覺得高興，那就未免太矯情了。高興還是高興的。但，同時也覺得有些朋友比我更執著文學，比我奉獻更多的心血，他們應該比我更有資格獲得這個獎，這麼一想，就有揮不去的一縷縷不好意思之情了。

據評審委員會指出：特殊貢獻獎的設立，乃希望頒給對這塊土地產生影響者，以引導後輩作家有學習的對象。第一屆得獎的是葉石濤和張良澤二位。葉石濤兄是熬過台灣漫長的荒寒之暗夜，孜孜矻矻，為開拓台灣文學的一片新天地，寫出第一本《台灣文學史綱》，著作等身的我所敬佩的前輩，然而，我呢？

回想起來，從南一中初二寫詩投稿，起始踽踽獨行文學之路，至今也有半個世紀，但自己走過來的足跡，辨認起來很模糊，也寥寥可數，我只是一直在一間自己的小木屋裏盤桓，做著自己願意做的事而已。我從未進出於「文學大廈」，於是乎，愈想愈不自在起來。不過，這次得獎卻也可以說，給我一個反省自己和再一次凝視文學的機會；也許我還有一些時間做一點自己喜歡而有能力可做的事，那麼，重點要放在哪裏？能夠充實自己的小木屋而又能成為「大廈」之裝潢的工作是什麼？為「大廈」砌一塊磚、燒一張瓦，是我應該努力以赴的。我和一切走在文學之路的朋友一樣，要維修自己的小木屋，也要做一個「大廈」的好義工，鍥而不舍地來走這一條永遠走不完的路。

——一九九六年四月二十五日　台南

＊編註：收錄於《第二屆府城文學獎得獎作品專集》，一九九六年五月。

府城舊夢

國家台灣文學館開館系列活動之一，有十五、六號兩天作家遊府城，就是走府城、看古蹟。

我是府城人，但說實在的話，並不是府城人就瞭解府城，走訪過古蹟，我自己便是如此。不錯，我是府城灣裏人，但我父親輩舉家遷往屏東。我誕生於屏東，居家搬回灣裏的老家，是在美日戰爭中，屏東機場頻遭美軍轟炸，感受到威脅才疏散回故鄉的。戰爭的期間，誰有雅興訪問古蹟？台灣人能大聲開口談自己家鄉的歷史、人物、走訪古蹟，整理古蹟，也不過是解嚴以後的「尋根」熱帶動起來的，在文化沙漠的、白色恐怖的五〇年代，做夢都不會有這種「作家遊府城」之舉的。為什麼？箇中道理，只要看電影〈Root〉中黑人的覺醒就不言而喻。我自覺對自己的「根」瞭解不夠，於是，決定和妻一起參加這項活動。

兩天的活動中，采門的導覽，解說人員對古蹟詳細的解說，果然，讓我大開眼界，其中撩起我舊夢的，有孔廟、法華寺和延平郡王祠。

從屏東搬回故鄉後，就讀南師附小。南師附小後邊就是法華寺，北邊不遠便是延平郡王祠。

但戰爭期，常跑空襲警報，記憶中曾參拜過當時叫做「開山神社」的延平郡王祠。法華寺只從附小的運動場看過，卻未曾進去過一次。但延平郡王祠前、開山路的金龜樹卻一直鮮明地烙印在我心上，那細密的綠葉，那有著許多像隆起的粗大金龜似的樹幹，曾經引起我的好奇，那樹幹有一種粗壯、遒勁的美，卻從未見過金龜在樹上……。

我和孔廟、法華寺接近期間，就是上南一中初中和南師的時候。就讀南一中時，我家就在小西門附近，有時候，放學回家，路過孔廟，就走進去，在大榕樹下坐著看書，四周靜寂，微風如撫動的溫柔的手，沒人打擾，在那裏看書，時間過得真幽靜。那裏曾是我獨自看書沉思的好地方。在那裏，不知為什麼，總是能夠靜下心來，一切煩雜的不再來煩人。大概一個星期總有兩三天，我在那大榕樹下看書或發呆，我喜歡聽樹上鳴的鳥，榕樹的沉默，周遭沒有市塵吵雜的氣氛……。現在孔廟面南有運動場，總是有人在那裏或跑、或跳、或散步，人的活動多了，孔廟從前肅穆、幽靜的感覺，似乎被沖淡了許多。不過，大成殿、文昌閣，這些地方還是靜寂宜人的。

在南師的時候，法華寺後面跟南師相鄰的地方，只有虛有其名的竹籬笆。我常從圖書館借了書，中午休息時間較長，就鑽過籬笆，坐在後院樹下的石板上看書。當時法華寺後院有幾處竹叢，也有幾棵頗為高大的蓮霧樹，也種著木瓜。現在那一堵竹籬笆已變成砌磚的圍牆，後庭似乎已經感覺不到那時的古樸和安寧………。

我記憶裏的這些古蹟已是半個世紀前了。世界在改變著，物是人非也好，滄海桑田也好，一切都在時間裏嬗變著……。

＊編註：發表於《攬古興懷到此遊——作家遊府城專輯》，國家台灣文學館，二〇〇三年十二月，該書為國家台灣文學開館紀念系列活動之出版品。

運河新夢

認識台灣歷史的人，誰不知道台南運河？生於斯，長於斯的府城人，誰不懷念運河？運河曾經孕育過府城的繁華和夢，也刻畫過府城的歷史風貌。然而，如今運河除了端午節龍舟競賽之外，似乎已經淡出府城子民們的記憶。

昔日五條港通舊運河造就府城的昌盛，許南英留下詩句：「佛頭港裏鬥龍舟，擁擠行人到岸頭」，古詩也有「日暮數聲欸乃起，水船都泊水仙宮」，從這些詩句可以一窺其興隆之一斑。不過，如今運河再也沒有過往的丰姿。為甚麼會落得這樣？固然，滄海桑田的地理上變遷是一大原因。但，府城人沒有秉持共同的理念，加以永續性的維護和經營也難辭其咎。很久很久府城人無視於存在於眼前的運河，對於運河的呼喚充耳不聞，冷落它，沒有阿護它。

在南一中讀書的日子，放學回家，或者星期天，我喜歡從中正路一直瞭望著運河走過去，看停泊在那裏的漁船，來來往往的大小帆檣。或者在夕陽柔美的餘暉裏，迎著來自西邊徐徐的海風，在映照著晚霞粼粼閃爍的微波裏，悠然搖著一葉小舟，逍遙、環視運河的周遭，極目西天的雲彩，多麼富有詩意，心曠神怡！運河曾經誘我以發光的夢，無論走到哪裏，運河是我故鄉溫馨的眼睛，羈留異國二十多年的日子裏，每當看見湖泊、河流，我就想起運河，覺得彷彿運河在向我招手……

然而，第一次從日本歸鄉，從中正路一路走下去，像往常一樣瞭望和尋找運河時，卻讓我發愣、訝異，做夢也沒想過：一座陌生的中國城竟隔絕了中正路與運河，不，那座莫名其妙的城砍斷了府城的臍帶。直到走進去，我才又明白觀光城下面，還有雜亂不堪，髒污納垢的地下街。這，哪裏是招　觀光，簡直毀了府城的面貌！這個不倫不類的觀光城計畫是怎麼來的？府城的市民竟然冷漠得讓自己的生活環境斲喪到如此地步，真叫人百思不解其故！

公共場所是為公眾而存在的，它隸屬公眾社會的文化和歷史，構成芸芸眾生的生活。它必須講究歷史和文化的連貫性、整體性，不能光以現代世俗的社會經濟的功利，世俗的價值觀念掛帥來統括一切。因此城市的任何建設，諸如廣場、橋樑、街道、建築物、公共空間、擺設藝術等，這些都要謹慎地審視現實的需要和永續性規劃，要計畫如何和既有的設施銜接，如何經營才能更突顯城市獨特的風貌——文化和歷史，提昇市民日常生活的品質和對話，無疑的，這就是城市公共場所的「生存價值」。

凡是到過巴黎，流連過塞納河邊的人，誰不曾為沿河的景觀之美，之豐贍感嘆過，為隱藏在那些景觀背後的文化和歷史感到強烈的魅力？尤其塞納河左岸的拉丁區濃烈的文化氣息，實在能把人的靈魂洗滌一次。《惡之花》的詩人波特萊爾、《追憶似水年華》的小說家普魯斯特曾在這裏誕生。二十歲的海明威曾經整天泡在這裏的莎士比亞書店閱讀群書，與一群朋友大談他們「失落的世代」。畫家畢卡索和馬蒂斯也都曾在塞納河畔居住過。詩人阿波里奈還寫了一首膾炙人口的詩〈米拉波橋〉（Le pont Mirabeau），藉橋的歲月，塞納河的流水，吟唱對女畫家瑪麗·羅蘭桑的戀情。該詩還譜成香頌歌曲，所以就是不知道阿波里奈的人，喜歡香頌歌曲的，一定知道這首詩。談到巴黎，一定少不了塞納河，之所以如此，無他，巴黎的文化、歷史、繁榮是和塞納河緊緊地結合在一起的。從塞納河上大大小小的橋都可以讀出巴黎的成長、盛衰，你聽見塞納河流動的水聲，就會聽見巴黎的心臟的鼓動。河畔令人咋舌的就是自十六世紀（亨利三世時代）迄今的幾百個舊書攤，順理成章，這裏也就成為文人，藝術家和知識份子交際的場所。塞納河畔讓我心動，凝視著滔滔的流水，我想起很多很多，想到我們的運河。府城的運河所缺少的，正是塞納河所擁有的。現在的運河看不到與文化古都府城互相連接環扣的人文景觀。

府城應該為運河經營一個新的夢境。讓它成為名副其實的古都的運河。我想從中正路上就一眼可以看到長長的運河，視野才會遼闊。運河上的橋，欄杆的高度、厚度、材料、顏色，沿河要種植的樹種，間隔，這些都要城市設計專家、建築家、藝術家、市民們一起討論，集思廣益，設計成最符合府城的人文景觀，以及市民能夠親近，休憩而獲得心靈的解放，文化滋潤的空間和遠景。市府尤其應該讓運河兩岸的居民們明白設計的遠景，敦請他們為府成為自己的社區，儘量協力合作。假如安平路為右岸，其店面應該有所規劃，景觀有所統一。安平路對面為左岸，它是新近才規劃建設的，雖然不是令人滿意，但還可以加以修正。當局要鼓勵有創意的商人在規劃的定點開設富有文化氣氛的各種商店，例如新舊書局、音樂茶座、畫廊，定期或不定期的花市，音樂演奏會，夏天的黃昏放煙火，行駛遊覽船，或出租小船等。同時，要把中正路，安平港、海安路，五期重劃區各商業圈和運河有機地連接起來，構成市民日常生活能夠親近的空間，讓死氣沉沉的運河復活，讓運河擁有嶄新的夢境，不也是盼望文化古都府城再生的市民們求之若渴之夢嗎？

——二〇〇四年五月十日　於府城

＊編註：發表於《中華日報》副刊，二〇〇四年六月二十五日

雪山・潟湖・黑琵和蓮香

環境倫理的前提在於對鄉土的認同，因此，
我們要在自己的鄉土具體展現生命。
——Dr. Holmes Rolston

台南縣在西南台灣，背山面海，東邊大烏山與高雄縣界，西邊與澎湖群島、台灣海峽遙相凝望，南與高雄縣相接，北邊毗鄰嘉義。地靈人傑，在台灣令人矚目，諸如：全台最古老、規模最大的南鯤鯓代天府，台灣四大溫泉之一的關仔嶺溫泉風景區，急水溪上游白水溪谷上的白河水庫，灌溉嘉南平野十五萬甲良田的烏山頭水庫，交織如網的嘉南大圳，潭水清澈、翠竹環抱的虎頭埤，引龜重溪水築成、四周楊柳垂堤的尖山埤；更有台灣第一座且是最大的曾文水庫，可以調節水量、灌溉、防洪、發電、休閒等多種用途，景觀之雄偉，湖光水色，令人目不暇接。而最近經由保護、開發，引人入勝的觀光重點，有濱海的七股鄉。

南台灣有雪山。南台灣怎麼會有雪山呢？有的，只要你想看潟湖，欣賞紅樹林，到七股鄉，就可以目睹白皚皚的雪山——鹽山。終年不溶的大鹽山，啟發人沉思：我們的先人如何在烈日當空的貧瘠土地上，用與海水一樣鹹的汗水堆積造就這座鹽山，供給人民生活不可或缺的「鹽」。當你思及鹽民過去困頓、辛勤的生活史時，也可以看到引海水入鹽田和魚鹽的大小不一、縱橫交錯的江仔兩岸蓊鬱、茂盛，習習海風中搖曳的紅樹林。這個護岸、也招引各種魚蝦群游、棲身的紅樹林裏，處處可以發見棲枝靜思、或者輕盈悠閒地撲動著翅膀在天光水色之間遨遊的白鷺鷥。潟湖優美的水湄，也招引一群群秋天飛越汪洋南下過冬的黑琵；據說全世界大約只有一千二百隻，牠們卻情有所鍾，獨愛七股潟湖。這一群大自然優雅的舞蹈者，今年飛來八百四十多隻，羨煞世界生態環境保護者，也使沒沒無名的鹽村漁鄉七股聞名於世界生態學者之間。黑琵在潟湖裏覓食，在潟湖上演出大地之舞，在朔風裏呼喚春天，也喚醒人們關愛大自然、生命與鄉土。這種愛是打造鄉土的原動力。

由七股潟湖轉到善化，古時的目加溜灣有漂海來台的沈光文組織台灣有史以來第一詩社的「東吟社」。沈光文的詩文是編修台灣方志者重要的參考文獻，傳其薪火的就是當前的《南瀛文獻》，以及日據時代以佳里吳新榮、郭水潭等一伙人為中心組織的「青風會」、「台灣文藝聯盟佳里分會」，它延續到現在的「鹽分地帶文藝營」。南瀛不獨人文薈萃，地靈，風景宜人，山果魚蝦豐富，白河翠綠的荷田裏，彩色繽紛的蓮花，婷婷玉立，清雅飄逸的蓮香，更引人遨遊詩境。置身其中，南瀛的子民，當會肯定羅斯頓博士（Dr. Holmes Rolston）所說環境倫理學的話值得再三咀嚼，進一步以自己的鄉土為榮吧。

＊編註：發表於《台南縣報》三六期第五版，二〇〇五年二月十五日。

病中散記

五星飯店

晚上十點半左右掛急診，驗血、驗尿、照X光線，之後，靜待住入病房，但看狀 況要住進病房並不容易，光看急診區域裏病床不但早已躺著滿滿的，連走廊都有病患在等著騰出病房，有的病患據說已經等了一天。我等到翌日的凌晨將近四點都看不出有空下來的病房，此時經由交涉，得知只有一間一天六千五百元的特　病房，該病房在九樓。躺在移動病床被送到那病房。

特別病房有兩間房間，每間約有十坪大小，每間房間都有電視機，有廁所、洗澡 間，各有一套沙發、寫字桌、側桌（Side table），兩間房間都有電話，一間可能是照顧 病人的看護家人用的，另一間則為病患，病床寬大，各種生活上的需要，一應俱全，來探病的朋友都說：這是五星級套房。我並非富裕得非住進這樣的病房不可。只因兩人一間四千五的，三人一間免費的病房都入滿。該南部示範中心醫院共有一千零六十多個病床卻都住滿了病患，可見醫學愈發達，病人並沒有相對地遞減，空氣污染，環境生態破壞，垃圾飲料以及含有色素、防腐劑的方便食品泛濫成災，這些或多或少都成為現代文明各種病症的元凶。拜科學發達之賜，生活愈方便，然而人們為追求這種方便舒適的生活，必須付出更多的時間以便獲得舒適生活的代價，世界上人類的生活都差不多有一利必有一弊，不犧牲更多的時間，不犧牲更多的勞力，舒適的生活便無由獲得，於是乎，精神病患，文明病便漫延開來，防不勝防，這種生活造成的代價是否值得？令人不能不加以思索……

「老葉，你住在這種病房，病一定很快就會好起來的！」「很快就會好起來？」我只好默然付之一笑。唉，不拘多麼豪華的五星級飯店，病房還不是病房！我轉頭朝西邊一個矩形大玻璃的外面，夕陽的餘暉散透橘黃的晚霞，「夕陽無限好，只是近黃昏」只是我的生命已近「黃昏」所以不得不住進本來我不該住的病房？當然，我家人不忍心我不能忍受找不到病房而在走廊邊受苦，然而，我還是認為這是一種浪費，想到仍然在走廊等待空病房的陌生的病患朋友，我心頭不由油然湧上一種難以壓抑的內疚，但願所有的病患都很快能有一間能夠平穩地安睡的病房……

加護病房的賭徒

人活著就有機會碰到出乎意外的難得的事情，當我住進癌病棟在做化療時，就碰到想像不到的如下怪事。說怪事，其實也不見就是怪事，因為我們生存的這個世界原本就充滿不為人知的光怪陸離的故事。

有一天我的朋友到醫院來看自己的親人，有一外來的女孩子跟他很熟，這位外勞說的一口流利的北京話。她為一個年近八旬的阿嬤服務。這位阿嬤年輕時是在風塵世界打滾的，中年以後為了自己的未來打算，要找尋一個安樂的窩，便從花花世界引退下來從良，這個選擇是對的，從此過著平靜無憂的生活。但你知道：像所有風塵女郎在那種環境下，難免會染上惡習，諸如抽菸，賭博……等，也許那是在她們就是對命運的簸弄不自覺的反抗，也許是一種自　心理的自我虐待的快感，但誰能知人埋在深心底下的意識。

且說這位阿嬤有兩個惡習，她是個菸隱深重的老菸槍，你總會看的到不論何時何地她總是菸不離口；另一種惡習就是嗜賭如命，只要有機會，她就會在賭桌上佔一席之地，而且邊抽菸邊忘我地賭，或贏或輸，賭局總是少不了。現在這位阿嬤總是向家人訴 說著這裏痛，那裏不舒服，可是，只要坐上賭桌，勁就來了，她可變成一條龍了。

這位阿嬤這回因病篤被送進加護病房。剛才說的那位外勞是跟隨照顧她的。明天是「樂透彩」開獎的日子。阿嬤把外勞叫進加護病房內，叫她拿著紙筆，阿嬤要面授機宜，叫她寫下自己要簽的號碼。阿嬤說：這是最少會中五萬塊的明牌，號碼是〇三、〇六、〇七、一四、一六、三四，阿嬤再三交代外勞千萬不可以寫漏或寫錯，一交代完彷彿完成了一世一代的大事業，這才放心地又帶上吸氧氣罩躺了下去。習慣的力量委實太可怕，也太偉大了──聽了這樁故事，我不由得這麼讚嘆，同時，我想起波特萊爾在散文詩〈巴黎的憂鬱〉裏寫過：人為了要忘記時間之於生命的重擔與威脅，有錢的人有的以做慈善事業來安慰自己，有的人以酒精麻醉自己，有的人拼命賭博來驅散「時間」加諸自己身上的威脅與壓力。波特萊爾對世間、對人隱微的精神觀，徵諸這位在加護病房內，猶然念念不忘簽賭樂透彩的事實，可謂入木三分。我驚喜由於聽到這個故事，更進一步認識了我不認識人生的一個隱微的精神世界、也更加佩服波特萊爾觀察人生之深、之透徹。

──二〇〇五年十二月二十九日　凌晨

*編註：發表於《鹽分地帶文學》二期，二〇〇六年二月一日。

「臺南作家作品集」第八輯02
落花時節：葉笛詩文集

作　　者／葉笛
編　　者／葉蓁蓁、葉瓊霞
總　　監／葉澤山
編輯委員／李若鶯、陳昌明、陳萬益、張良澤、廖振富
行政編輯／何宜芳、申國艷
社　　長／林宜澐
總 編 輯／廖志墭
編輯協力／林韋聿、謝佩璇
企　　劃／彭雅倫
封面設計／黃子欽
內文排版／藍天圖物宣字社

出　　版／蔚藍文化出版股份有限公司
地址：10667 臺北市大安區復興南路二段 237 號 13 樓
電話：02-22431897
臉書：https://www.facebook.com/AZUREPUBLISH/
讀者服務信箱：azurebks@gmail.com

臺南市政府文化局
地址：
永華市政中心：70801 臺南市安平區永華路 2 段 6 號 13 樓
民治市政中心：73049 臺南市新營區中正路 23 號
電話：06-6324453
網址：http：// culture.tainan.gov.tw

總 經 銷／大和書報圖書股份有限公司
地址：24890 新北市新莊區五工五路 2 號
電話：02-8990-2588

法律顧問／眾律國際法律事務所　著作權律師／范國華律師
電話：02-2759-5585　網站：www.zoomlaw.net

印　　刷／世和印製企業有限公司
定　　價／新臺幣 360 元
初版一刷／ 2019 年 11 月

ISBN 978-986-98090-2-3
GPN 1010801492
臺南文學叢書 L113 │局總號 2019-497 │臺南作家作品集 49

國家圖書館出版品預行編目（CIP）資料

落花時節：葉笛詩文集 / 葉蓁蓁，葉瓊霞合編．-- 初版．-- 臺北市：蔚藍文化；臺南市：南市文化局，2019.11
面；　公分．--（臺南作家作品集．第 8 輯；2）
ISBN 978-986-98090-2-3（平裝）

863.4　　108014803

臺南作家作品集　全書目

● 第一輯				
1	我們	・黃吉川 著	100.12	180 元
2	莫有無一心情三印一	・白聆 著	100.12	180 元
3	英雄淚一周定邦布袋戲劇本集	・周定邦 著	100.12	240 元
4	春日地圖	・陳金順 著	100.12	180 元
5	葉笛及其現代詩研究	・郭倍甄 著	100.12	250 元
6	府城詩篇	・林宗源 著	100.12	180 元
7	走揣臺灣的記持	・藍淑貞 著	100.12	180 元
● 第二輯				
8	趙雲文選	・趙雲 著 ・陳昌明 主編	102.03	250 元
9	人猿之死一林佛兒短篇小說選	・林佛兒 著	102.03	300 元
10	詩歌聲裡	・胡民祥 著	102.03	250 元
11	白髮記	・陳正雄 著	102.03	200 元
12	南鵲是我，我是南鵲	・謝孟宗 著	102.03	200 元
13	周嘯虹短篇小說選	・周嘯虹 著	102.03	200 元
14	紫夢春迴雪蝶醉	・柯勃臣 著	102.03	220 元
15	鹽分地帶文藝營研究	・康詠琪 著	102.03	300 元
● 第三輯				
16	許地山作品選	・許地山 著 ・陳萬益 編著	103.02	250 元
17	漁父編年詩文集	・王三慶 著	103.02	250 元
18	烏腳病庄	・楊青矗 著	103.02	250 元
19	渡鳥一黃文博臺語詩集 1	・黃文博 著	103.02	300 元
20	嘸吧哰兒女	・楊寶山 著	103.02	250 元
21	如果・曾經	・林娟娟 著	103.02	200 元
22	對邊緣到多元中心：台語文學 ê 主體建構	・方耀乾 著	103.02	300 元
23	遠方的回聲	・李昭鈴 著	103.02	200 元
● 第四輯				
24	臺南作家評論選集	・廖淑芳 主編	104.03	280 元
25	何瑞雄詩選	・何瑞雄 著	104.03	250 元
26	足跡	・李鑫益 著	104.03	220 元

27	爺爺與孫子	・丘榮襄 著	104.03	220元
28	笑指白雲去來	・陳丁林 著	104.03	220元
29	網內夢外—臺語詩集	・藍淑貞 著	104.03	200元

第五輯

30	自己做陀螺—薛林詩選	・薛林 著 ・龔華 主編	105.04	300元
31	舊府城·新傳講—歷史都心文化園區傳講人之訪談札記	・蔡蕙如 著	105.04	250元
32	戰後臺灣詩史「反抗敘事」的建構	・陳瀅州 著	105.04	350元
33	對戲，入戲	・陳崇民 著	105.04	250元

第六輯

34	漂泊的民族—王育德選集	・王育德 原著 ・呂美親 編譯	106.02	380元
35	洪鐵濤文集	・洪鐵濤 原著 ・陳曉怡 編	106.02	300元
36	袖海集	・吳榮富 著	106.02	320元
37	黑盒本事	・林信宏 著	106.02	250元
38	愛河夜遊想當年	・許正勳 著	106.02	250元
39	台灣母語文學：少數文學史書寫理論	・方耀乾 著	106.02	300元

第七輯

40	府城今昔	・龔顯宗 著	106.12	300元
41	台灣鄉土傳奇 二集	・黃勁連 編著	106.12	300元
42	眠夢南瀛	・陳正雄 著	106.12	250元
43	記憶的盒子	・周梅春 著	106.12	250元
44	阿立祖回家	・楊寶山 著	106.12	250元
45	顏色	・邱致清 著	106.12	250元
46	築劇	・陸昕慈 著	106.12	300元
47	夜空恬靜—流星 台語文學評論	・陳金順 著	106.12	300元

第八輯

48	太陽旗下的小子	・林清文 著	108.11	380元
49	落花時節：葉笛詩文集	・葉笛 著 ・葉蓁蓁、葉瓊霞 編	108.11	360元
50	許達然散文集	・許達然 著 ・莊永清 編	108.11	420元
51	陳玉珠的童話花園	・陳玉珠 著	108.11	300元
52	和風 人隨行	・陳志良 著	108.11	320元
53	臺南映象	・謝振宗 著	108.11	360元
54	天光雲影【籤詩現代版】	・林柏維 著	108.11	300元